U0124082

寶藏 地圖 骷髏旗

搜奇研究中心◎編著

Buccaneer
海盜傳奇

前言

我的海盜的夢，我的燒殺劫掠的使命，

在暗藍色的海上，海水在愉快地潑濺，

我們的心如此自由，思緒遼遠無邊。

廣袤啊，凡長風吹拂之地、凡海波翻捲之處，

量一量我們的版圖，看一看我們的家鄉！

這全是我們的帝國，它的權力橫掃一切，

我們的旗幟就是王笏，所遇莫有不從。

我們豪放的生涯，在風暴的交響中破浪，

從工作到休息，盡皆歡樂的時光。

這美境誰能體會？

絕不是你，嬌養的奴僕！

——拜倫《海盜生涯》

　　說起海盜，他們在大部分人的眼中，是一群道道地地的亡命之徒，在海上搶人錢財、奪人性命，幹的是刀口上舔血的營生。在我們的印象中，似乎海盜的首領通常都只有一隻眼睛，用條黑布或者黑皮眼罩把另一隻眼睛遮上。他們常常將搶來的寶物深埋在一個人跡罕至的地方，並繪上一張藏寶圖，以供後人挖取。但是在西方社會中，「海盜」所代表的卻不僅僅是這些，更多的則是一個影響深遠的文化符號，它往往意味著英雄主義、自由主義、冒險精神和實現夢想的傳奇。

　　從遙遠的古希臘、羅馬城，到近代的印度洋、大西洋和加勒比海，骷髏旗的影子無處不在。那些赤裸著胸膛、狂放不羈的海盜，揮舞著帶血的長刀、架起黑黝黝的鐵炮在廣闊無垠的海洋上驕傲地航行。他們以殺戮劫掠為樂趣，為了快樂，他們迎向戰鬥；為了快樂，他們享受冒險。在大海博大胸懷的最深處，希望在甦醒、精靈在翱翔。當進攻的號角吹響時，肆虐的海神都會為之顫慄。

　　古希臘是歐洲文明的發源地，擁有令人敬仰的悠久歷史和燦爛文化，愛琴海孕育下的荷馬史詩和神話英雄傳說，一度被認為是整個西方文明的泉源。根據歷史學家們的最新研究發現，希臘史詩中的諸多英雄人物竟然是以揚威在愛琴海上的海盜為原型的，就連那神聖的雅典奧運會，背後也隱約浮現著海盜的影子！

　　一說到羅馬古城，人們首先想到的是競技場的恐怖與殘忍，競技士的勇敢與智慧；斯巴達克在這裡喊出了不屈的音符、羅馬大帝在此開疆掠土。可是，你是否知道，那征戰四方的羅馬統帥凱撒曾經落入過海盜之手，偉大的羅馬文明絕大部分居然是拜海盜所賜？

　　當我們打開歷史那漫長的畫卷時，就會驚訝地發現，真實的海盜生活居然比歷

史上的傳說更富有傳奇色彩，更加令人神往。海盜們的力量也遠遠超出了人們的想像——

這群海上的勇士穿梭在印度洋上，讓來往的商旅聞風喪膽，前來清剿的官兵束手無策；

他們曾出現在巴黎城外，揚言要血洗巴黎，將整個法蘭西納入囊中；

他們也曾踏進英國宮廷，與王室攜手，平分疆土，成為大西洋真正的霸主；

他們馳騁北歐，獨霸北海和波羅的海，一統挪威，笑傲整個斯堪第納維亞半島；

他們甚至統治過英格蘭，並且建立了努特王朝和諾曼第公國。

在中美洲與北大西洋溫暖的臂彎裡，有一個以印第安人部族命名的大海，它的名字叫「加勒比海」。那裡擁有迷人的海灘、道地的哈瓦那雪茄和清爽的雞尾酒，當然更少不了那些勇敢的主角——加勒比海盜。科科斯島就是一個位於加勒比海的海盜「寶藏島」；幾百年來，歷史上著名的三大海盜：英國海盜愛德華·戴維斯、葡萄牙海盜貝尼托·博尼托和土耳其海盜海爾·丁都在這個小島上埋藏了大量的寶藏，也埋下了種種不解之謎……

這些海上之王以船為家，終日漂泊在茫茫的大海上，他們有自己的旗幟、有自己的領域；他們唱著自己的歌曲、手持自己的武器，用屬於自己的法律和刑罰來處理一切江湖恩怨和棘手的問題……

　　時光飛逝，海盜的傳奇故事如同他們埋藏的寶藏一樣，漸漸地沉澱到了歷史的角落，同時也被時光蒙上一層神秘的面紗。

　　本書將帶你走進一個神奇的海盜世界，去追憶那些塵封的歷史。書中收集了歐洲的北海、瀕臨埃及的西印度洋、歐美之間的大西洋以及南美的加勒比海四大海域中最令人心馳神往的海盜傳奇，來展現海盜生活中最富神秘色彩的一面。

　　來吧，跟我們一起穿越時空隧道，展開地圖，乘上海盜船，掛上骷髏旗，唱響震天的海盜之歌，去體驗海上曾經的驚濤駭浪與刀光劍影吧……

Contents

引子　　　海盜的發展史　　　　　　　　　9

第一章　海上傳奇的締造者　　　　　15

第一節　骷髏旗升起，死神逼近　　　16

第二節　走進海盜的世界　　　　　21

第三節　千里海戰　　　　　　　38

第四節　死亡之刃　　　　　　　48

第五節　觀海盜船　　　　　　　57

第二章　懾人心魄的海盜故事　　　65

第一節　「鳥船」號遇難記　　　　66

第二節　兇殘的「黑人」船長羅伯茲　　77

第三節　惡名昭彰的「黑鬍子」船長　　99

第四節　海盜之「圖」　　　　　108

第五節　大名鼎鼎的航海家變成了海盜　111

第三章 尋找海外寶藏　137

第一節　金錨鏈和神秘桅杆　138

第二節　亨利・安遜與900箱黃金　142

第三節　南澳島之寶　147

第四節　莫臥兒帝國寶藏之謎　150

第五節　不愛財寶的海盜探險家　156

第四章 海盜們的另類人生　159

第一節　帶胸罩的海盜　160

第二節　海盜女王卡塔琳娜　166

第三節　海上之王的浪漫史　170

第四節　出身於海盜的詬命夫人　176

第五節　畢業於牛津大學的海盜王　182

第六節　海盜「烏托邦」　191

第五章 20世紀的海上幽靈　200

第一節　死灰復燃的現代海盜　202

第二節　航海安全與海盜危害　212

引子

海盜的發展史

「我們是海盜，兇猛的海盜。左手拿著酒瓶，右手捧著財寶。我們是海盜，有本領的海盜。美麗的姑娘，請妳來到我的懷抱。我們是海盜，自由自在的海盜。在骷髏旗的指引下，爲了生存而辛勞。我們是海盜，沒有明天的海盜。永遠沒有終點。在七大洋上飄蕩的海盜……」

在湛藍的大海上，海盜們呼吸著充滿鹹味的空氣，愉快地唱著這首《海盜之歌》，訴說著他們的痛苦與歡樂，艱辛與自由。

「鮮紅的夕陽、漆黑的骷髏旗、沾滿血污的戰刀以及成堆的讓人睜不開眼的黃金」海盜的故事就這樣伴著歌聲拉開了序幕——

第一節　海盜的起源

海盜的歷史可以追溯到西元前1350年，在一塊黏土碑文上記載了關於海盜的最早紀錄，希臘商人在腓尼基和安納托利亞這些地中海港口進行貿易時，最早遇到了海盜的襲擊。在這期間，腓尼基人和其後的迦太基人扮演了海盜的角色，他們的造船術和航海術遙遙領先於地中海的其他民族，當仁不讓地成了地中海上的龍頭老大，他們打劫商船、掠奪城鎮，一時所向無敵。一直到羅馬人征服了迦太基和埃及之後，整個地中海海域才得以片刻的安寧，可是在帝國境內，海盜活動依然猖獗。

從西元前5世紀開始，羅馬人就不得不煞費苦心地對付科西嘉島和撒勒島上的海盜，雖然海盜活動得到了一定的壓制，但是威脅仍然存在。那些散佈在伊利里亞海岸的眾多島嶼，成了那些搶劫過往船隻的海盜老巢。海盜們在沿岸劫掠羅馬的船隊，使得地中海一帶雞犬不寧。女王特塔統治下的王國成了一個名副其實的「掠奪

者的國家」，不斷給羅馬帝國製造麻煩。羅馬人忍無可忍，在西元前219年出動大軍，結束了她的統治。

由於一部分奸商和海盜相互勾結，海盜活動非但沒有得到有效的遏制，反而有了反彈的趨勢。在小亞細亞南邊的西里西亞，海盜們隱藏在迷宮般的小島上。他們與小亞細亞勢力最強大的國王米特拉達梯六世結盟，建起了兩座堅固的城堡，不斷蠶食羅馬帝國的領地。到了西元前1世紀，海盜們更加肆無忌憚，他們襲擊運輸糧食的貨船，連羅馬行省總督的船也不放過。

羅馬帝國實在是忍無可忍了，派龐培將軍率5000艘戰船和12萬士兵出征地中海，一舉摧毀了海盜的老巢，使地中海暫時恢復了平靜。此時的海盜還只是些打劫商船、殺人放火的小角色，根本無法與龐大的正規艦隊相抗衡。可是，你可千萬不要小看他們，屬於他們的時代還沒有真正到來呢！未來的海洋的霸主——維京人這時還在斯堪的納維亞的森林裡追逐著野鹿，在幾百年之後，他們將在歐洲的海洋上掀起一片腥風血雨。

第二節 北歐海盜揚名中世紀

1000多年前的北歐，是維京人的舞台，當時許多歐洲人將之稱為「Northman」，意思是北方來客。「維京」是他們的自稱，這個語詞包含著雙重含意，一是旅行，二是掠奪。維京人的足跡遍及整個歐洲，南到紅海，西達北美沿岸，東至巴格達。當他們第一次在當地百姓面前出現時，就是以海盜的身分進行赤裸裸地搶劫。

「維京人在戰鬥中表現得異乎尋常的狂熱，他們兇悍勇猛，絲毫不畏懼死亡。

在海上相遇時，海盜先是遠距離投擲長矛和發射火箭使商船被迫停下來，然後一聲不吭地將船繫綁在一起。他們在船頭搭上跳板，手持短劍和戰斧跳上甲板。按照古老的傳統，依次上場獨鬥。每個走上跳板的人都面臨同樣的命運：要嘛將對方置於死地，要嘛自己血濺當場，由同伴替自己復仇。如果他感到害怕，也可以跳進海裡逃走，沒有人會理會那些臨陣逃脫的懦夫，可是這個放棄戰鬥資格的人與死者無異，連他的家人都會為他感到恥辱。那些身先士卒的，往往都是些最精銳的戰士，他們赤裸著上身，發出粗野的吼叫，忘情地享受著殺戮的血腥與酣暢。在他們腳下的甲板上浸透著祖輩的鮮血，他們的後代也同樣會落腳在這個地方。這種原始的戰鬥激發出了驚人的人類本性，使維京海盜顯得異常強悍和恐怖。西元789年，強大的維京海盜洗劫了多賽特郡，將觸角伸向了英格蘭，戰火也由波羅的海沿岸蔓延到了大西洋。每當商船遭到扣留，當地的人都會被迫繳納大量的贖金，人們都希望這些災星快快離去。但是，維京人的胃口是永遠填不滿的，這個大王剛剛離去，另一個首領便又翩翩登場。

在維京人高傲地將歐洲大地踩在腳下的同時，上帝卻慢慢地撫平了他們那一顆顆暴虐的靈魂，改變了他們的信仰。維京人最終被基督教的文化征服，海盜那顆躁動的心被軟化，海面上恢復了久違的平靜。」

在這個時候，亞洲東南部沿海、阿拉伯海和波斯灣地區開始出現了海盜。北非的柏柏爾海盜在地中海橫行無阻，中國沿海倭寇也開始猖獗，但他們都沒有能夠像維京人那樣如此深刻地影響著歷史。

第三節 海盜持證劫掠的黃金時代

伴隨著新航路的開闢、新大陸的發現和殖民地的擴張，使世界各地都游弋著各式各樣滿載黃金和其他貨物的船隻，各國的利益競爭和對殖民地的野心為海盜活動提供了最大的溫床。這時，各國紛紛給予了「私掠許可證」，使海盜活動徹底「合法化」了。一張私掠許可證的原始功用是將私人犯的錯誤合法化，這聽起來令人匪夷所思，解釋起來更是一派強盜邏輯。例如，一個英國商人的貨物在荷蘭被偷，他透過合法或外交的途徑無法獲得補償時，他就會向英國政府申請一張私掠許可證，這樣他就可以俘獲荷蘭的商船來彌補他的損失。就這樣，海盜們的野蠻行徑順理成章地披上了合法的外衣，各國政府也是睜一隻眼閉一隻眼，根本不去分辨你是海盜還是遭受損失的商人。在不增加本國海軍預算的情況下，憑空多出一支能夠攻擊敵國商船的海上力量，何樂而不為呢？根據記載，1609年到1616年土耳其海盜在地中海劫持了466艘商船；而在1625年，十天之內就劫持了27艘商船。被譽為「日不落帝國」的大英帝國，就是靠著一群海盜起家的，難怪有人說，整個英國就是一大群海盜，伊莉莎白就是最大的海盜頭子。

從1691年到1723年，海盜們迎來了自己的黃金歲月，這一時期湧現出了一些著名的海盜頭子，著名的「黑鬍子」愛德華·蒂奇、吉德船長、「黑色準男爵」羅伯茲等等都成了海盜史上的一個個經典傳奇。

私掠許可證在1856年被終止，當時許多國家都在巴黎簽訂了聲明。只有美國和極少數的國家遲遲不肯簽訂該條約，因為美國當時的海上力量主要就是依靠劫掠來壯大的。

第四節 海盜的沒落與死灰復燃

隨著工業革命的到來，各國海軍的力量大大增強，海岸巡邏也更爲嚴密，海盜們遇到了自己的眞正剋星，那些在18、19世紀乘著帆船、揮舞著彎刀的菲律賓與印尼海盜被西班牙的炮艦一舉趕盡殺絕，在相當長的一段時間裡海盜幾乎銷聲匿跡。然而，海盜並未從此絕跡，在歷史和科技的變遷中，海盜又開始死灰復燃了。

從上世紀80年代以來，全球範圍內的海盜活動開始走向國際化和現代化，海盜們裝備了現代的武器和電腦設備。他們的「生意」也越做越大，不但從事劫船掠貨的犯罪活動，還參與走私、販毒、販賣人口等勾當，對海運和貿易的威脅日益嚴重。專家估計，僅在東南亞一帶，海盜活動就使得每年世界經濟損失250億美元。經濟上的損失僅是其中一面，海盜對資源和生態環境的破壞更爲可怕。由於海盜主要活動在海運樞紐地帶，很多油輪都由此地通過，海盜的搶劫活動隨時可能演變成大型海難，造成嚴重的污染和生態破壞。

第一章

海上傳奇的締造者

海盜，顧名思義就是海上的強盜。這是一個古老的職業，它是人類航海技術發展到一定階段的產物，從這個意義上來說，有了海船也就有了海盜。

在大航海時代，海盜們橫行無阻，他們可以自由地搶劫和殺戮，對手被他們踩在腳下，沉甸甸的黃金纏在腰間。此時的他們可謂是風光無限，受到了頗多的讚譽，引來了無數的吹捧，詩人們爭相歌頌他們，少女們也投懷送抱，他們甚至還可以獲得一定的爵位。這一切似乎都是那麼美好，可是這些並不是他們生活的本來面目。

本章將為讀者詳細介紹關於海盜們的一些知識，讓你在體驗海盜生活的同時，對海盜有進一步的瞭解。

第一節 骷髏旗升起，死神逼近

一個骷髏頭加上兩支交叉骨頭的旗幟絕對是海盜的標誌，海盜們在尋找獵物時，常常升起任意國家的旗幟；一旦獵物出現，便升起骷髏旗，來恐嚇那些送上門來的犧牲品。不管這面旗源自何處，但是它所起的作用卻是無可爭議的，那就是將恐懼的箭深深地射入那些海上獵物的心裡。

這面畫著骷髏頭和骨架的旗子，被人稱之為「快樂的羅傑」，以前人們一直認為它是加勒比海的海盜或中世紀後期在其他海域行動的海盜們的「商行」旗。可是最新的研究資料卻對這個似乎是定論的觀點提出了質疑，因為在古代文獻資料中，奇里乞亞的海盜為了嚇唬敵人就已經在自己的船桅上升起了畫著骷髏頭和骨架的旗

子。可見，「快樂的羅傑」有著很深的歷史淵源。

骷髏旗雖然是海盜最富有象徵意義的標誌，但這一符號並非是各個時代和各個民族的海盜們的唯一標記。

古羅馬海盜喜歡用墨丘利神的權杖來裝飾自己的船帆，它是一根纏繞著兩條蛇的權杖圖案。權杖是義大利的貿易神墨丘利的標誌物，具有能使神祇和凡人入睡的魔力，也能使他們隨時醒來。在權杖上畫兩條相互纏繞的毒蛇，進一步渲染了恐怖的氣氛，同時墨丘利還會保佑機靈鬼、騙子和賊。因此，羅馬海盜將墨丘利視為自己的庇護神。他們在這樣做的同時也沒有忘記其他神明，宙斯的鷹、雅典娜的貓頭鷹、狄安娜的鹿都被用作了海盜們的標記。

11世紀時，丹麥海盜開始用繡品來裝飾自己的旗幟，他們在旗幟上繡上一隻展開雙翅和張著尖嘴的黑烏鴉。征服者威廉的旗艦「莫拉號」的桅杆上畫著十字架的紋章，而艉柱上則有吹號角的天使形象。

諾曼人在戰船上懸掛著的旗幟通常都是龍的圖案，商船上用的圖案則是一隻羔羊。這些旗子都安在船首的右邊。

隨著歷史的變遷，「快樂的羅傑」——這面海盜們在攻擊敵船前升到桅杆上去、畫著骷髏頭和骨架的黑旗，最終取代了其他的旗幟，成了海盜最著名的象徵標記。「快樂的羅傑」的歷史又長又複雜，關於它的起源也是眾說紛紜。

海盜們最早的旗幟是紅色的。歷史學家們認為，畫在紅色大幅布上的裹著纏頭中的白色骷髏頭起源於19世紀著名的瓦爾瓦里海盜巴爾巴羅薩二世，是他最早升起

了這面旗幟。到了較晚一些的時候，英國的武裝民船按照國王的命令，從1694年起，在打接舷戰之前，除了國旗外，還要在自己的桅杆上升一面紅旗。它似乎是在警告那些被攻擊者：如果負隅頑抗，那就格殺勿論！

隨著時間的推移，紅色的海盜旗開始越來越頻繁地讓位於黑色的海盜旗，「快樂的羅傑」成了海盜們的最愛。雖然這面旗幟的來源已經無法考證，但是很多人都認為這個詞其實是來自法語單字「JOLI」，指的是「非常紅」的意思。

還有人認為，這一名稱應該源自於東方海域，並表示封號「Ali Raja（阿里‧拉賈）」——即「大海之王」。英國人把這兩個詞讀成「Olly Roger」（奧里‧羅傑）。他們解釋說，這一說法源自於單字「roger」，意思是「乞討的流浪漢」。在1725年出版的一部英國辭典裡出現了一個片語「Old Roger」（老羅傑），意思是「魔鬼」。

有人考證說，將骷髏頭和骨架做為海盜的專用標誌始於法國海盜伊曼紐爾‧韋，他在1700年最早升起了畫有這些圖案的旗幟。除了骷髏頭和骨頭外，旗幟上還畫了一個計時的沙漏。沙漏就是向被攻擊者暗示，在沙漏裡的沙子還沒有漏光時，他們還有時間考慮一下自己的處境，並做出投降的決定。如果遲疑不決的話，將會死無葬身之地。

還有一面旗子，上面畫的是一具骷髏，它的一隻手握著沙漏，另一隻手握著一顆依舊在滴血的心，這顆心被鏢矛活生生地擊穿。

有證據說，一些海盜使用畫著黑色骷髏頭和骨架的白色旗子，在圖案下方還寫

下「爲了上帝和自由」這樣的題詞。

海盜們在進行攻擊時，經常先後升起兩面旗子，首先升起「快樂的羅傑」，然後升起一面紅旗。第一面旗子似乎是邀請對方自動放下武器，如果這一邀請被拒絕，那麼海盜船的桅杆上就會飄揚起一面血紅的旗幟，它預示著一場屠殺即將開始了。

18世紀時，艾曼紐‧韋恩船長在加勒比海上升起了第一面海盜旗，從此這面象徵著劫掠和殺戮的旗幟成了海洋上揮之不去的噩夢。不但海盜旗上的圖形是爲了表達其特定含意而被設計出來的，就連旗幟的顏色也有其特定的含意。當海盜在追逐獵物時，升起的是白色的旗幟，它在表明身分，暗示獵物降下國王的旗幟乖乖地投降；如果獵物拒絕投降，則升起黑白兩色的旗幟，它表明了海盜的意圖——不把獵物擒獲，誓不甘休；如果獵物依舊不屈服，或是海盜船長過於殘暴的話，紅色旗幟就會升起來，意思是獵物一旦被擒獲，絕沒有生還的可能。

從上述的敘述中我們可以得出一個結論：無論海盜們在自己的船上升起什麼樣的旗子，無論這些旗子是黑旗、白旗或紅旗，它們始終都是一種死亡之旗。

第二節 走進海盜的世界

海盜們的最大優勢在於可以名正言順地進行掠奪，最大的劣勢在於會受到正義人士名正言順的壓制和打擊。海盜可以分為兩種，一種是職業海盜，另一種是私掠海盜。他們之間的差別在於，職業海盜可以肆無忌憚地進行掠奪，無論是商人的船隻，還是政府的船隻，只要你有足夠的膽量和實力，都可以下手；而私掠海盜是在國家的許可下，進行有目的的掠奪。

想要成為一名職業海盜，就需要加入某一個海盜同夥，而加入海盜同夥的基本要求是，你自身的條件要過硬才可以被海盜同夥接納。加入海盜同夥之後的生活方式將要完全改變，在尋求獵物的同時，還要受到海上各個國家戰艦的威脅，要學會利用天時地利進行掠奪，還要避開同夥內部和同夥之間嫉妒的眼光，才能在海盜界揚名立萬。

成為私掠海盜，往往是出於萬不得已，因為自己受到了損失必須得透過掠奪才能得到補償。根據航海法規，私掠者首先自己要是一個受害者，曾經被其他國家的海盜掠奪。如果證據確鑿，就可以向自己的國家申請私掠許可證。擁有私掠許可證之後，就可以在規定時間內、不受國際法律限制，對目標國家任何的船隻進行掠奪，來彌補自己的損失。

海盜是一個惡名昭彰的行業，如同過街老鼠，人人喊打。對海盜來說，各國的巡邏船、護衛艦是其最大的麻煩和致命的威脅，同時內部之間的傾軋和矛盾也使他

們經常處在風口浪尖之上。如何更好地解決這些問題，就需要海盜們制訂出一系列的契約來規範自己的行爲，趨利避害，使自己遠離殺身之禍。

只有眞正瞭解海盜的情況，才有資格去談論海盜們的日常生活和風俗習慣。可是流傳至今的海盜文獻數量並不多，如果讓我們去探討古希臘羅馬或中世紀的海盜的日常習慣和生活準則，我們基本上只能做一些猜測，因爲學者們所掌握的資料實在是少得可憐，只能勾勒出那個時代海盜們的隻鱗片爪。比如說，眾所周知的奇里乞亞海盜成立幫會不僅僅是爲了搶劫，而且還爲了在所謂的和平年代生活在這些幫會中，並遵守自己的法律。但是，這些法律到底都規定了什麼？它是如何規定一個人在社團中的地位的？對每個成員又有什麼要求和承諾？我們都無法知道。我們同樣也不知道瓦爾瓦里海盜的生活準則，雖然他們創建的不僅僅是一個社團，而是一個完整的國家。缺乏有力的證據，爲臆想和推測提供了條件，但是這種方法適用於藝術家，而不是以事實爲依據的研究者。但畢竟有眞實的材料存在，埃克斯克韋梅林的《美洲海盜》和詹森船長的《海盜史》都爲我們提供了研究海盜的素材。

有人說，加勒比海盜過的是一種「成功的紳士」生活，指的是他們的生活張弛有度，海盜們在陸地上和海洋上過的是兩種截然不同的生活方式。

海盜們在閒暇的時候來到岸上，並不需要遵守任何法律，每個人都可以隨心所欲地尋歡作樂。無論是在托爾圖加，還是後來的牙買加，所到之處都是一片狂歡的景象。海盜們身穿華麗的服裝，手上戴著貴重的寶石戒指，成群結隊走在馬路上，他們絕不會錯過任何一家小酒館和娛樂場所。這些荷爾蒙分泌旺盛的傢伙，都迫不及待地把目光盯在女人身上，的確他們太需要女人了。

在1667年之前，從來都沒有一位托爾圖加的總督想過要改善一下海盜們的生活。到了1667年，貝特朗‧德奧熱隆為海盜們解決了一個生活中最重要的問題——給海盜們帶來了他們夢寐以求的女人。

德奧熱隆租了一艘船，把150個法國女人運到了托爾圖加島上。托爾圖加島上並不是沒有女人，而是這裡的女人實在是太少了，供不應求。有關這些女人的身分，可以在警方的一份報告中得到答案，她們全都是從拉羅謝爾和其他法國城市的妓院裡召來的，有的甚至是從監獄裡放出來的女囚。即使是這樣，海盜們對此也絲毫不在乎。他們自己也是腳底抹油隨時準備逃跑的那種人，就這樣，他們每個人都弄到了一個妻子。不過都是用錢買來的，德奧熱隆給每個女人都訂了個價錢，他才不想做賠本的生意呢！在補足了把這些女人運到托爾圖加島上來的一切費用後，自己還大撈了一筆。

大把大把的錢都被海盜們在吃、喝、玩、樂中花掉了，隨後，打架和各式各樣的糾紛在這群海盜中接二連三地發生了，海盜們按照約定俗成的規則，來解決這些糾紛，如果這些糾紛符合某些規則，那麼一切都會被認為是合法的，即使是殺人放火也不用負責任。

像所有鋌而走險的人一樣，海盜們都將腦袋繫在褲帶上過活，都是些有今天沒明天的人，所以都不惜一切地尋歡作樂。信奉這一種生活原則的不僅僅是一般海盜，還包括他們的頭頭，能使大家團結在骷髏旗下的只有一件事：那就是快點把這些搶來的錢吃光、喝光，然後再去尋找新的獵物。

幾乎所有的海盜都有綽號，綽號也叫外號，古已有之，並非新生事物。綽號中

含有豐富的文化內涵，一般而言，自己所取，內涵豐富；他人所命，嬉笑怒罵、詼諧幽默。綽號的產生，有多種緣由，有的是從形貌方面來取的，如三國的劉備，大耳垂肩，被稱為「大耳賊」；唐朝溫庭筠因容貌醜陋，被叫做「溫鍾馗」。有的是從行為舉止方面來取的，西漢甄豐喜歡夜間謀議，人稱「夜半客」；東漢崔烈用500萬錢買官，被人稱為「銅臭」。還有的是從興趣與愛好方面來取的，南明弘光天子喜歡用蛤蟆製藥，丞相馬士英喜歡鬥蟋蟀，因此得到「蛤蟆天子」、「蟋蟀相公」的綽號。如此種種，不一而足。海盜們的綽號同樣也是他們性格特點或外表特徵的反映。著名的海盜愛德華‧蒂奇的綽號叫「黑鬍子蒂奇」，他在安妮女王時代曾是一艘武裝民船的水手。他留著一叢濃密的黑鬍子，在大海盜戈特船長的手下任職，後來脫離了戈特自立門戶，1715年他指揮有40門火炮的「復仇女王」號出海時和一般海盜不敢招惹的英國皇家海軍開戰，一舉成名。他的瘋狂讓「黑鬍子蒂奇」的稱號，傳遍了大西洋，沿岸地區陷入「連皇家海軍都無法確保安全」的恐怖之中。歷史上著名的海盜羅伯茲船長，不僅穿著古怪，行事作風更是特立獨行，他相貌英俊，酷愛華麗衣裝，有品茶的雅好，在幹殺人越貨勾當的同時，卻虔誠地敬奉基督。他在兩年多的海盜生涯裡一舉創下了截獲400艘船的輝煌紀錄，足以令他睥睨全球同行，故江湖人稱「黑色準男爵」。還有大家熟悉的約翰‧雷卡姆，大部分海盜都只知道他叫「印花布傑克」。但是也有一些比這奇異得多的綽號，比如鐵手、瘸腿比利、難以制伏者等等。

　　海盜們取綽號的習俗並不是憑空產生的，更不是為了自誇自擂。當他們其中的任何一個人的綽號被別人叫得特別起勁時，人們就會注意他，並開始畏懼他，這一點在打仗時往往會收到奇效：只要某個「商人」聽到這個可怕的綽號，他就會不戰

而降。

海盜們的武器也常常會令鑑賞家們驚訝不已，這些都是從新大陸最富有的人那裡搶來的。不僅是上好的武器，還是些真正的藝術品。海盜們關心武器勝過關心自己，他們用專用絲帶裝飾這些武器，佩戴在身上，而這些絲帶只有公爵才能使用。

以上是海盜們在和平時期日常生活的真實寫照，至於征戰時的生活，與海盜們在征戰空檔的閒暇時所過的那種日常生活有天壤之別。

只要海盜們一踏上甲板，他們在岸上的生活便成了遙遠的過去，取而代之的則是一種受嚴厲約束的生活，這種生活中的一切舉止行為的基礎只有一種，那就是鐵的紀律。紀律的制訂充分體現了民主精神，大家按照契約的方式，簽署一份協議書，每個海盜都要先面對《聖經》宣誓，然後在該文件上簽名或畫上十字。

海盜船素有「浮動的共和國」之稱，乍聽之下會感到莫名其妙，仔細一想大有道理。在一般人眼中，那些姦淫擄掠、殺人燒船、殘暴不仁的海盜都是些目無法紀的烏合之眾，事實上海盜們的組織之嚴密、制度之民主，簡直讓人驚嘆不已。在公平、民主、財富分配及尊重人權上，更是讓人對海盜們的相親相愛、一致合力搶劫的團隊精神感到震驚。

18世紀初是海盜全盛時期，當時每艘海盜船都有明文的契約，其基本內容大體一致，但根據實際情況及船長的性格而略有不同。英國海盜巴托羅繆‧羅伯茲和他的同伴們在1719年至1722年之間所簽署的合約書是迄今為止最完整的一部海盜契約。

在這個文本中，系統地規定了船員的權利和義務，上面明確規定：

1· 每個船員都有權利參與重大問題的決策，即使是只搶到了一點新鮮的食物或含酒精的飲料，每個船員都有權得到它們。

2· 每個船員都應當按照預先排好的順序來到船隻的甲板上，以便使他除了獲得一份戰利品之外還能獲得一套新衣服。

3· 船上的人一律不准用骰子或紙牌來賭錢。

4· 在晚上8點鐘必須熄燈，如果想要繼續喝酒的人，必須到甲板上去喝。

5· 每個船員務必使手槍、馬刀和大炮保持清潔和完好無損。

6· 嚴格禁止女人和孩子住在船上。如果有人將女人喬裝打扮帶上船來，將被處以極刑。

7· 擅自離開船隻或逃離戰鬥崗位的人要被處以死刑或被拋到一個杳無人煙的孤島上。

8· 禁止船員在船上打架，所有的爭吵和衝突都應該在岸上用馬刀或手槍來解決。

9· 每個船員在尚未收到屬於自己的那份1000英鎊的基金之前，任何人都無權離開協會。

10· 在打仗時失去手足或變成殘廢的人可從公款中獲得800英鎊；受輕傷的人也可以得到對應的補助。

11·船長和大副將得到兩份戰利品。

12·樂師們星期天可以休息，在其他的時間裡，他們都應當奏樂供船員們消遣。

　　這些看起來有點像學生宿舍裡的規章制度，更不可思議的是，搶劫回來的戰利品都要平均分配，除了船長和大副獲得兩份外，其餘人人有份。令人驚訝不已的還有，海盜船上至船長下至各級主管，都是海盜們民主投票選舉產生的。合理的民主制度和公平的社會制度，不僅凝聚了海盜們的向心力，還極大提高了他們的集體作戰能力和搶劫效率。

　　在巴托羅繆·羅伯茲「有福共用、有錢均分」的號召下，使不少被劫持的奴隸在可以選擇自由的情況下，自願加入了海盜的隊伍，這些奴隸大多數都是非洲人，因此羅伯茲的隊伍約有三分之二都是黑人。隊伍不斷壯大，到了全盛時期時，羅伯茲旗下的「小艦隊」共有海盜三百五十餘名，這些人都是名副其實的亡命之徒，在合理的待遇下，工作起來特別賣力和拼命。羅伯茲的隊伍紀律嚴明，他嚴禁屬下濫殺無辜。到了1720年，羅伯茲的海盜活動令加勒比東部海上商業活動幾乎癱瘓，羅伯茲的「黑旗船」一度成了各國商船聞風喪膽的剋星。

　　契約上對違反任何一項規則都做了相對的懲罰，直到被流放到孤島或被處以死刑為止。

　　關於肢體受損的補償金規定，可以引用其他海盜合約書的條文來加以補充，這些條文比較詳細地標明了補償的具體標準。

1·失去右手的海盜可得到600皮阿斯特或6個奴隸的補償。

2‧失去左手的可以得到500皮阿斯特或5個奴隸。

3‧失去右腳的能得到500皮阿斯特或5個奴隸。

4‧失去左腳的補償是400皮阿斯特或4個奴隸。

5‧失去一根手指的與失去一隻眼睛的一樣,可以得到100皮阿斯特或1個奴隸。

　　有關海盜們分戰利品的眞實情況還要做以下說明,根據「按勞分配」的原則,在大多數情況下,平均分配是行不通的,雖然每個成員都會得到自己的那一份定額,但是盈實的程度是不一樣的,這取決於每個成員在海盜集團裡的貢獻大小和重要程度。每個時代都是這樣做的,只有俄國的哥薩克和利克德勒兄弟會例外,這兩個強盜集團是「共產主義」的堅定實踐者,他們根本不考慮參與者的級別,而對戰利品進行平均分配。

　　海盜們在船上的生活,並不像我們想像的那樣充滿了浪漫和愜意。即使是他們在岸上尋歡作樂之餘,也有許多正事要做,否則,下一次出海就不會那麼順利了。經驗豐富的海盜無時無刻都將自己的船隻保持在最佳狀態。因此,船一進入港口,便會立即進行維修和保養,修理桅和帆,補充武器彈藥,還要補給淡水和食物。

　　在戰鬥的過程中,海盜們要尋找獵物、追逐、戰鬥,直到俘獲獵物。這些公式化的行動雖然單調,卻能激起船員的極大熱情,因爲這是豐收的時刻。只有在平靜的日子裡,航程才會顯得異常的枯燥,爲了準備一次又一次的打劫行動,海盜們不得不日復一日,重複做著許多艱苦的,甚至可以說是令人詛咒的,卻又是必要的工作。每一次起錨和張帆,都需要全體船員共同合作完成,這麼多人一起工作不可能

沉默不語。於是，每一聲嘆息、每一次叫喊都得到了集體的呼應。一個細小的聲音瞬間就會彙集成聲音的海洋，海盜們用這樣的方式來消解壓在身上的負荷，釋放胸中鬱結的愁情。

在17世紀的海盜船隊裡出現了大帆船，船上配備著一整套大帆和幾個相當沉重的錨。這些錨是用豎式絞盤起降的，絞盤的頭部插著專用的杠棒——絞盤棒，船員站在甲板上一邊兜圈子，一邊推動自己面前的絞盤棒。海盜們經常做的工作就是用盡全力將粗重的纜繩緊緊的扣在自己的脊樑上，將巨大的船帆高高地升到桅杆之上；或者把胸部壓在絞盤棒上，把沉重的錨從水底拉上來，在這樣艱苦的勞動中，誕

生了被稱之為「水手號子」的獨特歌曲。

在航海的過程中，海盜們發明了各式各樣的水手號子：起錨號子、豎式絞盤號子、絞車號子。這些號子有各自獨特的節奏，這些節奏可以給在絞盤上幹活的水手們提示，什麼時候多用些力氣、什麼時候放鬆一點。

水手們的號子是典型的勞動歌曲，就像著名的俄羅斯「船夫曲」那樣粗獷奔放。

拉纜索吧！真嚇人呀！

長長的纜繩！你真沒用！

棒小伙子們！抓住繩頭！

肉──撕爛啦！上衣──破啦！

背上佈滿傷疤！真糟糕！

辮子是棕紅色的！背再低一點！

快動手吧，平民百姓！跳板正在等著你們！

老老少少一起上呀！無一例外！

拉吧！拉緊！叫得應天響吧！

這是水手們唱的「索具號子」，是在與帆和纜索打交道時唱的。

還有一些水手號子和歌曲，是用來歌頌海盜首領的豐功偉績的，在海盜中也極為流行。

我的名字叫威廉·吉德。

揚帆吧！揚帆吧！

魔鬼就站在我旁邊，接舷戰的刀子熠熠生輝。

揚帆吧！

齊射後的硝煙宛如水面上的波紋。

揚帆吧！升帆吧！

我吹哨命令：操帆停泊，親自打開保險櫃吧！

揚帆吧！

降下敵方的長旒。

揚帆吧！揚帆吧！

死神使我們與商人們相遇。他們的身體落入了鯊魚之口！

揚帆吧！

我極喜歡戰利品。

揚帆吧！揚帆吧！

金子流成河。沒有比這種命運更美好的東西。

揚帆吧！

　　這是歌頌吉德船長的歌曲，他是英格蘭有史以來最引人注目的海盜船長，就名氣而言可謂名揚四海。

　　金銀財寶和戰利品是海盜們夢寐以求的，能夠帶領他們獲得以上東西的人自然成了他們頂禮膜拜的偶像。

　　有人說，海盜是沒有感情的動物，其實海盜也是人，在漂泊累了的時候也想找一個溫柔的港灣來停留。相反，海盜的感情反而更加直白，更加淋漓痛快。他們的

情歌就像海盜四海爲家的生活一樣，處處留情，充滿了獨特的魅力：

> 我的路在大海上，愛情是我的星辰；
> 美麗的嬌女郎總是吸引人。
> 一早我待在莉澤塔身邊，中午時瑪麗與我在一起，
> 我在亨利耶塔家喝茶，在索菲家過夜。

用來歌頌威士忌、葡萄酒、萊姆酒的歌曲在海盜中也十分流行，如果生活缺少了它們，這些「成功的紳士」一天都無法活下去。正所謂，狂飲高歌爽快唱，難掩豪情浪跡天涯。

> 所有的道路中令我們
> 念念不忘的──是那條淌著格羅格酒的路。
> 它會溫暖我們的心
> 並將與我們相伴到底。
> 或者是那首已成爲精選之作的、關於死人箱子的海盜歌曲：
> 十五個人坐到一個死人箱子上，
> 喲一呵一呵，還有一瓶萊姆酒！
> 喝吧，魔鬼會帶著你走到底的，
> 喲一呵一呵，還有一瓶萊姆酒！

海盜船上有成桶成桶的葡萄酒、萊姆酒和威士忌，海盜們和其他船隻上的水手最大區別在於，他們的酒實在是太多了，既沒有任何定額，也不加任何限制。爲什麼船上會有那麼多酒呢？這是因爲葡萄酒、麥芽酒和蜂蜜酒都比淡水易於保存，在

喝水的時候兌一點萊姆酒還可以殺菌。

　　海盜們用來給枯燥的生活和艱辛的工作增添光彩的不僅僅是依靠歌曲、號子或是喝酒，他們還擁有一支樂隊。這一傳統源自於古希臘和羅馬的水手，他們用貝殼和形狀像長笛的自製樂器吹奏出了悅耳的曲調，後來，海盜船甲板上悠揚迴蕩著的聲音多是來自長笛，而且船員的名冊中也出現了長笛手這個新的公職人員。中世紀時，每艘海盜船上都有一支自己的樂隊，即使沒有樂隊，也要有一個小號手或小提琴手。小提琴手往往是在海盜們進行集體工作時，特別是在起錨時派上用場的，在小提琴手拉出簡單旋律的伴奏下，水手們用力轉動豎式絞盤，將一節節錨鏈絞到絞盤上去。樂隊在海盜船上扮演著十分重要的角色，不僅用來娛樂，還用來鼓勵加油甚至是鼓舞士氣，羅伯茲船上的那支樂隊就是在打仗的時候也要進行演奏。在巴托洛米尤‧羅伯茲的一份協議書中，樂師的職責是專門列出來做說明的，這充分證明了樂團在海盜生活中的重要作用。

　　看了上述的內容，也許你的腦海裡會浮現出這樣的景象：一個英俊的海盜悠閒地躺在甲板上，海風輕輕地吹拂著他那赤裸的胸膛，在小提琴手的伴奏下，海盜將酒瓶放在甲板上，唱起了火辣的歌曲，來思慕美麗的姑娘……

　　其實，這些不過是一種文學上的描述而已，正如常人的生活一樣，在海盜的生活中，生命的樂趣以一種出人意料的方式與痛苦和死亡交織在一起。海盜們在一種發財慾望的支配下將掠奪財富做為自己最大的樂趣，在血與火的洗禮下將沉甸甸的黃金裝入沾滿鮮血的口袋；同時他們還要為自己所犯下的過失和罪行買單。在這種情況下，船長就得站出來，運用地位或是鐵腕來平息這一切。

　　海盜們用來懲罰罪犯的方法五花八門，其中鞭打、上鐐烤、吊在桅杆上、「側放」是經常用到的刑罰。

　　海盜船長約翰・菲力浦斯和手下的船員們在1723年簽署了一份協議書，其中一項規定說：「依據《摩西法規》，如果有人在非戰鬥的情況下亮出武器，在船艙裡用無蓋的煙斗吸菸，或者拿著無底座的光蠟燭，都要在光背上挨『四十缺一下』的鞭打。」

　　用來執法的鞭子是讓人談之色變的「九尾貓皮鞭」，從古希臘和羅馬的大橈船

時代起這種皮鞭就已經聲名鵲起，在19世紀初的艦隊上依然保留著。皮鞭的手柄上安裝了九根皮條，每抽打一下就會在受罰者的背上留下九條血痕。幾鞭子下去，犯人就會皮開肉綻，血肉模糊。

　　如果海盜成員犯下的過失較輕，就會被戴上鐐銬示眾，以儆效尤。隨後，犯人戴著鐐銬，被關進了黑暗的底艙，僅僅依靠一點麵包和淡水，孤獨、驚恐地度過幾個星期，雖然他不會受到體罰，但是也會受到一些驚嚇，被釋放出來時，

體重往往會減輕好幾公斤。

最讓犯人難以忍受的刑罰莫過於吊桅杆和拖龍骨，這樣的懲罰常常令犯人生不如死。吊桅杆就是把繩子綁在受罰者的腋下，把他吊到主桅杆的頂上。不管是烈日炎炎還是大雨如注都得在上面吊上一夜。

除了死刑之外，最殘酷的刑罰就是把犯人放在船的龍骨下拖，海盜們習慣稱之為「側放」。這種懲罰歷史悠久，在13世紀的漢薩同盟的一份指令中曾記載著這樣一段話：「凡是說下流話、賭博、濫用自己的武器或在值班時睡覺的人，都要被放在龍骨下拖行。」所謂的拖龍骨，就是把犯人用繩子綁起來從左舷繞到右舷來回不停地拖拉。受刑者通常要剝光衣服，綁住雙腳，拖得慢的話受刑者會很快淹死，拖得快的話很容易撞上船底的突出部分。有的時候繩子突然斷了，還得重新來過。大多數的木製船底滿是剃刀般鋒利的毛刺與碎片，大部分人最後都流血過多而死，就算受刑後能僥倖活下來的也會在接下來的幾天裡感染而死。

如果你犯了十惡不赦的罪行，那麼就要遭到絞刑。絞刑的過程與一般沒什麼兩樣，不過死後卻要遭殃。被吊死的海盜，屍體用鏈條綁起來或者裝在鐵籠子裡掛在高處用來示眾，其狀慘不忍睹。對迷信的人來說，死後屍體不被掩埋就表示靈魂不能升天，這比受任何刑罰都要來得痛苦。

海盜們每天都要面對來自於四面八方的危險，早在遠古時代他們就發明了某種似乎能使自身免遭命運打擊的奇異記號，這就是一種充滿藝術趣味的紋身。紋身的原始功能就是要嚇退惡鬼和敵人，後來演變成了一種裝飾。

　　海盜們身上的紋身圖案豐富多彩，他們更多地選擇那些能夠使他們安然無恙地返回家中的有關日常生活的標誌。其中最為流行的一種紋身是在肩上或胸部刺上情人的名字，旁邊再刺上一個耶穌受難的十字架。據說，擁有這種記號的人可以免遭任何災難。還有一種圖案是將情人的畫像置於帆船和燈塔之間。圖案上的帆船照例應該有三根桅杆，因為「3」是個幸運的數字。海盜們之所以選擇用情人的名字或肖像做紋身，是因為這種紋身可以保佑他們順利地回到故居。據說女人天生具有一種能使航船的速度加快並使它安然回到故鄉海岸的本領。女人的畫像也象徵著成功和一路順風。

　　被視為愛情之花的玫瑰和象徵至死不渝的愛情的兩顆即將被火焰吞沒的交叉在一起的心也深受海盜們的歡迎。海盜們雖然在進行襲擊和血洗時既不會憐惜女人，也不會可憐孩子，卻對心儀的女士充滿了騎士風度。在約翰·菲力浦斯的那份協議書中的最後一項有以下的規定：「如果遇到了一個可敬的女人，在未經她許可的情況下去追求她，那麼這個人將被當場處死。」

　　海盜的生命遲早有一天會凋謝的，他可能會身患瘧疾而死；可能會因為臨陣脫逃或開小差而被吊掛在桅杆上折磨身亡；也可能會在衝鋒時溺死或在打接舷戰時倒下。如果被浪花捲走，那就一了百了了；一旦犧牲或病死在船上，同伴們就得為他操辦葬禮。同伴們絲毫不敢耽擱，因為屍體長久地擱在船上會引起瘟疫的傳播。他們把死人縫進帆布袋裡，在他的兩隻腳上繫上重物，放在一塊擱在船舷上的木板上，在讀完祈禱詞後，立刻把死者放入水中。死時既無十字架，也無桂冠。一個鮮活的生命就這樣悄無聲息地隕落在茫茫的碧波之中。

後甲板上發出了命令：

「全都到操帆索旁去！操帆停泊！」

降下的半旗不再飄揚，

有個人夭折了。

照水手中形成的習慣，

屍體被裹進帆裡，

再用繩子綁緊一點，

然後就把他推到船外去。

海面上既沒有十字架，

也沒有一朵花。

水手的墳墓上方

只有波浪，只有霞光。

——《水手的墳墓》

第三節 千里海戰

　　一般人都會認爲海盜可以大口吃肉、大碗喝酒，生活一定過得幸福無比，殊不知這是「光見了賊吃肉，沒見過賊挨打」。在硝煙四起的海面上，一切都是血與火的顏色；在生死的博弈中，拒絕一切浪漫和遐想。

　　當戰鬥打響的那一刻，海盜們群情激昂，他們按照事先的部署，有條不紊地撲向一個個獵物。在作戰之前，海盜們早就選好了時間和地點，對敵我雙方的船舶設備和武器裝備情況與氣候等自然因素都做了深刻細緻地分析。他們根據這些來制訂海戰的形式和方法，並在長達數千年的時間裡不斷地補充和發展新的戰略和戰術。

　　在整部海盜史上有一些戰術方法，幾乎是一成不變地保存了下來，古代海盜使用過它們，現代的「成功的紳士」也同樣在使用著它們。這些方法包括：撞擊戰、接舷戰、伏擊、各種誘騙花招和偵查。

撞擊戰和接舷戰

　　撞擊戰和接舷戰都是槳船時代艦艇普遍採用的作戰方式。當時的戰艦上只有威力有限的弓箭、石弩、縱火器以及長矛、標槍等原始武器，想要依靠這些武器將敵方艦船擊沉或打敗是相當困難的。所以海盜們常常把整個艦體做爲武器，對敵方的船艦進行猛烈的撞擊，這樣可以把敵船撞破或撞沉，使其完全喪失戰鬥力。爲了提

高撞擊的效果，當時的戰艦，首尾都裝有堅硬的金屬撞角。這種撞擊戰術盛行於槳船時代，並一直延續到帆船時代，直到艦船普遍裝備了固定式的滑膛炮才慢慢地退出了歷史的舞台。

作戰中，當雙方互相接近而又不能正好撞上，或者某一方在最後時刻採取了避免被撞的行動，或者是撞上了卻沒有使對方受到損傷時，由於雙方距離很近，就要透過靠幫廝殺來決出勝負，這就是接舷戰。古代的海戰，通常都是以撞擊戰的形式開始，而又以接舷戰的形式結束的。

只有俘獲敵船，才能弄到上面的貴重物品，所以必須將戰火燃燒到對手的船上。海盜們在一場戰鬥的最初時刻起所進行的一切行動、實施的一切策略都是為了打接舷戰所做的準備工作。海盜船的特點之一就是船員眾多。因為接舷戰需要有大量的士兵參戰，這是戰術的要求使然。儘管海盜們要忍受種種不便之處，也要進行自我節制，在每次出征前千方

百計把盡可能多的人帶到船上來。不過，他們從來也不會是多餘的人，接舷戰的損失有時幾乎會達到全船人員的一半之多，可見戰鬥是多麼的慘烈。

在兩船相交的那一刻到來之前，船隻不會靜止不動，更不會在消極等待中相互靠近，一方拼命地往前衝，另一方則拼命地阻擋對方的前進。在決定成敗的全部時間裡，進攻者和抵抗者都會拼死用他們所擁有的一切武器來相互廝殺。

從古希臘和羅馬時代起，海盜們在向獵物靠近時常常用弓、投石機、石管和彎炮向敵方發射雨點般密集的箭、梭鏢、鏢槍和石頭。在這種場合下，能擊中距離達150公尺目標的遠端弓箭手便可以大展神威。他們被安置在桅杆頂端的籃筐裡，居高臨下襲擊敵船的指揮人員，海軍統帥納爾遜在特拉法爾加角海戰中就是這樣被射死的。可以說，他們是最先出現的狙擊手，這樣的戰術在日後的海戰中得到了廣泛的運用。

到了14、15世紀時，弓開始被弩所取代。弩的殺傷力遠遠勝過弓，它不僅能發射箭，還能發射石頭，可以輕而易舉地穿透盾牌和鎧甲。

古代的迦太基人還發明一種叫縱火船的海戰手法，他們將船上裝滿了可燃材料，放到敵船集結處引燃。這種戰術在海盜施虐的各個海域上不只一次地被使用過。在17世紀末，著名的大海盜頭目「海軍統帥」摩根在馬拉凱博附近就用過縱火船。

伏擊

伏擊是海盜所喜愛的方法之一。海盜們經常會採取各式各樣的牽制戰術,那些受過專門潛水訓練的海盜偷偷地摸到水下,來到敵船旁邊,割斷敵方的錨纜,破壞龍骨、水面下的殼板和舵的轉動結構。

進行有效的伏擊,首先取決於進行作戰行動的那個地區的特點,比如海岸線的曲折情況、風和水流的穩定性或多變性、經商航線的方向,同時還要考慮到季節因素。海盜們經常在沿海一帶活動,對那裡的地形瞭若指掌,交通樞紐地區的海岸線極其曲折,那裡岩礁、島嶼、海灣和狹長航道組成了一座座迷宮。海盜們就埋伏在這些隱蔽的地方,靜靜地守候著送到嘴裡的肥肉。為了便於偵查,海盜們還在沿岸地帶設置了觀察哨和瞭望塔。一旦發現商船出現,負責觀察的海盜就從高處向停泊在隱蔽之處的己方船隊發出信號,後者就會立刻駛出攔截商船。

14世紀末,摩爾人在與西班牙人的作戰中失敗,在離開西班牙還是皈依基督教的選擇中,他們選擇了後者。大批的摩爾人在北非沿海地帶定居了下來,並建起了許多海港。這些海港後來都變成了海盜的根據地。海盜們在根據地補造了一些非常隱蔽的避難所,既可以在那裡設埋伏,也可以在那裡休息和補充一點儲備品。隨著時間的推移,海盜根據地的數目不斷地增加,設備也在不斷地改善。

他們通常在3月份採取積極的攻勢,將設伏的地點選擇在適宜打埋伏戰的島嶼和秘密海灣的愛琴海。

海盜們挑選離通商航線交叉點近的島嶼設伏,他們將船隊隱藏在海灣裡,嚴陣

以待。當站在高處監視的人員發出信號後，船隊便迅速地駛出去截斷「商人」的路，由於在速度上佔優勢，這些獵物往往很難逃脫。

將近仲夏時，戰利品累積得足夠多了，海盜們便轉移到諸如賽普勒斯、羅得這樣的近一點的大島嶼上去，或直接在埃及和敘利亞的海岸登陸。他們在那裡賣掉戰利品後，免不了要花天酒地一番，爲了能夠在秋季之前再設埋伏，他們還要維修和保養船隻，補充供給。到了冬天，他們回到自己的家裡過冬、分贓，春天來到時再去行劫。

海盜們所搶劫的不僅僅是商船，還有沿岸地帶。正如一位同時代的人所評論的那樣，「他們用划槳小船填滿了基克拉澤斯群島和莫列亞島的各個角落，並把每一艘無能力自衛的船變成自己合法的戰利品，或者在夜裡開進就近的沿岸地帶上的村鎮和住宅區，把他們所能找到的一切東西全都搶走。」

沿岸一帶的居民深受其害，他們自發地組織起來防範海盜的侵擾。居民們還建立了一整套遇到海盜進攻時互相通報的信號體系，並且不只一次擊退過海盜。當海盜向海上逃竄時，那些一般的漁船根本無法追上他們。海盜都是職業航海家，又是不得不經常追趕別人或自己逃跑的強盜，他們用高速船隻來裝備自己的船隊，使自己能成功地追襲或擺脫困境。在海上，海盜們的機會要多得多，那些沿岸地帶的居民根本不是他們的對手。

詭計和花招

海盜們在行動時經常採用各式各樣的詭計和花招。正如《孫子兵法》所云：「兵者，詭道也。故能而示之不能，用而示之不用，近而示之遠，遠而示之近。利而誘之，亂而取之，實而備之，強而避之，怒而撓之，卑而驕之，佚而勞之，親而離之，攻其無備，出其不意。」

海盜就是這些戰術的具體實踐者。

作戰中，在距離敵方船隻有屈指可數的幾公尺遠時，一直躲在船舷背後的海盜們就會突然露出頭來，叫囂著裝出一副要發動攻擊的樣子。還沒等敵方射手發出齊射，他們又立即躲了起來。當一排槍響過後，海盜們便一擁而上，登上敵船的甲板一舉解除了對方的武裝。這時對方的射手已經來不及再給火槍重新裝彈，海盜們就利用這一點，轉入了真正的白刃戰。

海盜船在海上與其他船隻突然相遇時，在還沒有弄清楚對方的真正實力之前，他們會毫不猶豫地升起與對方船隻所屬的那個國家的國旗。按照海洋法的規定，對方應該鳴禮炮進行回應，如果對方船長真的這樣做了，就會白白地浪費掉自己的炮彈。海盜們則審時度勢地進行自己的戰略部署，或是衝上去打接舷戰，或是繼續照既定的航線前進。

印度洋上的海盜經常採取的戰術是不停地追捕商船隊。有時，海盜的高速船會在它們後面一連追上幾晝夜，只要有一艘商船掉隊，海盜們就會把它圍住，來一場大魚吃小魚的遊戲。

海盜們還會利用別人的同情心來達到自己的目的，他們事先讓自己的大部分人藏在下面的艙房裡，少量的人留在甲板上僞裝出一副自己的船隻已經發生故障的樣子。迎面開來的船隻發現「遇難的船」後就會向它靠近，想給予幫助，結果卻陷入了圈套。海盜們會從藏身處竄出來，攻擊救生船上那些毫無戒備的船員。

此外，海盜們還會嚴格地遵守一系列能夠使他們在戰鬥中取得勝利的戰術。

首先，他們千方百計地從上風頭駛近被追捕的船隻，這樣做可以使他們在戰鬥開始之前具有極大的機動性，雙方一旦交火，風就會把硝煙吹到對方那一邊，這樣一來對方的視線就會受到干擾，戰鬥和航行都會遇到很大的麻煩。

其次，海盜們盡量設法在敵船的船尾處尋找突破口，因爲在這種情況下，只有少量的船尾炮才能威脅到他們，可以成功地避開對方船舷炮密集的炮火。爲了做最大程度的抵抗，對方就必須讓船掉過頭來，在這段時間裡，海盜們很有可能一鼓作氣衝上敵船。

除了上述兩點主要的規則外，海盜們還採用了一些其他的方法來贏得海戰的勝利。比如，他們的船上一直有備用槳。這就使他們能夠在無風的時候成功地駛離敵方炮火的射程之外；炮火齊射的間隔時間很長，在敵人開火後還沒來得及給火炮重新裝上彈藥時，海盜船還能夠迅速地靠近。

在追上敵船後，海盜們用一種叫「貓爪」鉤竿，鉤住對方的船尾，並盡力設法卡住被攻擊船隻的舵。當敵船失去機動性後，就會很容易成爲海盜們的戰利品。

偵查

任何一種捕獲獵物的戰役都是從發現獵物開始的，所以說偵查對海盜活動所起的作用是巨大的。兵法上說：「知己知彼，百戰不殆。」不做偵查，海盜們就會變得寸步難行。因此，無論是在港口還是在商船上的水手之中，到處都遍佈他們的間諜和各式各樣的奸細。這些人四處搜集情報，並即時地轉交給海盜首領。爲了得到船上裝載的貴重物品，海盜們主要採用兩種方法，一是利用已證實的情報設埋伏，二是自由尋找。在第一種情況下，海盜從自己的密探那兒獲得有關某艘載有貴重物品的船隻的航行情況後，海盜們就立即出海，在合適的地方設下埋伏以截獲它。這個方法十分有效，可以出其不意，攻其不備。當沒有條件設埋伏時，海盜們就會採用「自由狩獵」的方法。在那個年代裡，加勒比海是一個熱鬧的經商地區，想要發現商船的蹤跡並不是件難事。一旦發現獵物，海盜們就會加足馬力開始追擊，在這場死亡的追逐中幾乎總是海盜獲勝，因爲他們的船比較輕、比較靈活，航速也比較快。

利克德勒匪徒的偵查工作表現得非常出色。他們的密探不會放過任何一個消息，從聽到的每一句話裡汲取有價值的資訊，在一些經常被人忽略的細節裡拼湊出完整的情報。因此，利克德勒匪幫的頭頭們對各種情況都瞭若指掌，所有的計畫也是依據這些情報制訂下來的。他們在冬季來臨，通航期結束時，就開始制訂第二年的行動計畫。當征戰季節降臨時，利克德勒匪徒已經有了充分準備，對獵物的一舉一動了然於胸。

一般來說，利克德勒匪徒多年的成功活動是由許多因素促成的。他們有著最嚴

明的紀律，對他們來說，每件事都是重要的，都要盡心盡力地去嚴格照辦。從一般成員到各級主管，每個利克德勒分子都非常瞭解自己的行動策略。每個成員都要竭盡所能來完成自己的使命，無法完成任務的只有一個結果，那就是死亡。在這一點上，任何人都沒有討價還價的餘地。

利克德勒匪徒根據季節的變化在北海的整個東南部海面上四處遷徙，他們的主要根據地設在東弗里西亞的沿岸地帶，冬天他們就在那裡駐紮。每年的3月初，利克德勒匪徒就把基地轉移到黑爾戈蘭島上去，那裡是他們的天然堡壘。岸邊危岩重疊，易守難攻，還能夠監視整個北海上的船隻動態。在不遠處是一些德國最大河流的入海口，岸邊密佈著大量的商埠。想不為人知就從任何一條河中駛出來都是不可能的，所有的商船都無法逃脫利克德勒匪徒的眼睛。

漢堡和不列梅的商人是不能夠長期蟄居在城裡的，這樣做將會造成巨大的虧損，他們往往聽天由命地把自己的商船派遣到英國、佛蘭德和波羅的海上去。這種冒險的做法無異於自投羅網，商船剛一出港口立刻就會被利克德勒匪幫的探子和觀察哨發現，獲取情報後海盜們就會分兵前去攔截。在這種情況下，海盜們常常用三分之一的船去設埋伏，靜靜地守候在埋伏地點，等待商船的到來；另外三分之一的船在海面上嚴密地執行巡航任務，防止漢薩同盟的海軍前來營救，即使是不能抵擋也要千方百計加以牽制，盡量不讓它們趕到現場來；其餘的海盜船負責將搶來的戰利品和傷患運送到自己的根據地去。

海盜們的戰術並不簡單，他們在分散自己兵力的同時，也徹底打消漢堡或不列梅想一下子就把海盜全部收拾掉的企圖。漢薩同盟的海軍最多只能消滅海盜的一部

分兵力,而海盜的中堅力量全都隱藏在常人無法企及的海灣裡,用不了多久就會使喪失的實力恢復原狀。

黑爾戈蘭島周圍有一大片淺水區,有助於他們擺脫掉敵方的追捕,漢薩同盟的海軍船隊是不敢冒險進入這個由大大小小河流組成的迷宮的。海盜們憑藉這個有利的地形,常常化險為夷。這說明海盜對周圍的海域有著極為詳細的瞭解,有助於他們行動的成功。

利克德勒匪徒的船上雖然也有炮,但像數千年前一樣,海戰的勝利還是要靠接舷戰來取得的。這一時期,西歐各國在製造武器和個人防護設備上有了很大的進展。火器的流行更是迫使製造鎧甲的工匠發明了新的鎧甲,他們用搭接法裝上金屬薄片的鱗狀鎖甲,這些金屬片大大地增強了鎧甲的強度。還出現了新式寶劍,它們是用三層鋼板合在一起鍛製而成的,既不會彎曲,也不會折斷。著名的利克德勒海盜頭子克勞斯·施特爾特貝克爾在與漢薩同盟做最後一次搏鬥時用的就是這種劍。克勞斯·施特爾特貝克爾揮舞著一把巨型寶劍所向披靡,將敵人一次又一次擊潰,直到敵人從桅杆的橫衍上拋下一張網,把他罩住才將其制伏。

總之,在仔細研究不同時代的海盜戰術後,我們不得不為海盜們的智慧和勇敢所折服。這些戰術豐富多彩,行之有效,隨著歷史發展,既會吸收舊的精華,又會衍生出符合當代要求的新方法和新手段。

第四節 死亡之刃

　　海盜們過的是亡命天涯的生活，自然得想盡辦法讓自己「活下去」。能夠保證他們成功獵食和防衛的只有武器，沒有武器他們註定無法生存。對於海盜們的艦船海戰來說，你可千萬不要以為都是些手拿破銅爛鐵的小角色強盜。在眞實歷史上的海盜們，他們往往使用的都是各個國家的正規軍隊在各個時代裡所必備的那些武器。而且更爲重要的是，除了這些正規軍隊的先進武器外，無數海盜的軍械技師們還在不斷致力於改善傳統武器的工作。在長達數百年的時間裡，他們經常不斷地改變製造武器的工藝，以便使武器更適合海盜作戰的特點。當歐洲的海盜開始使用手槍時，那些大多數的蠻族競爭者們還在用著弓箭。

海盜武器——熱兵器

1 · 火炮

　　從14世紀70年代開始，火炮成了海盜艦船上的必備武器。火炮的構造其實並不複雜，一根中空的粗管子，堵塞一頭，就是它的全部。大鐵球炮彈從空的一頭塡入炮管，一推到底，在炮彈和底部之間，放上火藥。大炮的末端有點火孔，用火點燃引線就可以進行發射。火炮的威力是巨大的，可以發射圓球彈、葡萄彈和鐵鏈彈。圓球彈是一個大鐵球，發射出去可以擊穿對方的船板；葡萄彈由好多小炮彈組成，用於撕裂敵船的帆，或是對甲板上的人員造成大面積殺傷；至於鐵鏈彈，則是用長

鐵鏈連接的兩顆大鐵球，打斷敵船的桅杆，好用得很。

海盜們通常對新生事物十分敏感，加上火炮自身具有的巨大威力，因此成了用炮來武裝船隻的首批人員之一。

一開始，艦炮造得又重又大，使用起來極其不便，當時，人們還不會鑄造炮身，只是用扁鐵條焊接而成，為了增加牢固度，還要加上鐵箍。炮透過炮身來做瞄準，火藥則是用一根燒紅的鐵絲來點燃的。石製的炮彈射程不足一百公尺，射速最多不過是一小時兩發，發射石彈的殺傷力有限，估計只是起心理震撼作用。後來人們對炮進行了改進，先是用青銅鑄造，然後就用生鐵。同時，開始出現用鉛和生鐵製造的炮彈。隨著時代的發展，先後出現了各種不同型號的炮，其中就包括艦炮。

中世紀海盜的船隊所配備的主要火炮包括長管、炮鷹炮和霰彈炮。在15至18世紀的三個世紀裡，這些火炮都被安置在所有的軍艦上，必要時也會用來裝備商船。海盜的艦船上同樣也少不了要配備這樣的重武器，瓦爾瓦里亞海盜的三桅船和小帆船、維塔利耶爾匪幫和利克德勒匪幫的戰船、加勒比海海盜的雙桅橫帆船和雙桅縱橫帆帆船都是用它們武裝起來的。

15世紀時，長管炮在法國問世，它是有15～50種口徑的長炮身炮，炮膛的口徑為42～240公分。在歐洲的海軍中，這種炮一直被使用到18世紀。

鷹炮的發明比長管炮遲了100年，這種口徑為45～100公分，發射鉛彈的火炮深受人們的喜愛，成了使用最為廣泛的一種火炮，一直到18世紀才淡出人們的視線。

霰彈炮一經出現，就成了各地海盜們的新寵。這是一種近距離接舷戰用的炮，

火炮的口徑不超過100公分，裡面裝的是霰彈。霰彈是一種用來擊毀對方有生力量、帆、纜索和桅的炮彈。霰彈的彈藥是用石頭、小鐵塊、生鐵彈丸和鉛彈丸組成的混合物，一旦在發射時爆炸開來，會波及半徑在300公尺範圍內的所有目標。19世紀時，人們開始用榴霰彈來取代霰彈。

除了霰彈炮之外，上述所有的火炮都是發射圓形炮彈的。在這個時期，海盜們早就不用石彈了，取而代之的是鉛彈和生鐵彈。像火炮一樣，炮彈的製造也有統一的規格。在16～19世紀時，炮彈的重量以磅為單位的，例如，一顆18磅重的炮彈重量大約有7.2公斤重。

2‧火槍

在海盜船上，火槍可是一種比較豪華的裝備，並不是尋常人所能擁有的。當時的人們用碳、硫和硝酸鉀混合製成黑火藥，來驅動火槍所使用的圓形鉛彈。在18世紀，多數火槍還是依靠燧石打火器來點火。燧石被緊緊夾在一個鉗子中，當扣壓扳機時，燧石撞擊對面的金屬塊而產生火花。火花被導入裝有火藥的盤子，子彈就這樣由槍口發射出去了。

歷史學家認為火繩槍是最早的火槍，它是從15世紀的前30年起開始譜寫自己的歷史的。它是一種從槍口朝裡裝彈藥的明火槍，導火線用手穿過火門放在槍筒裡，發射時點燃導火線即可。火繩槍最初發射的是石頭子彈，後來才發射圓形鉛彈，發射時，槍筒要架在專用的支架上。

16世紀時，西班牙最早出現了真正意義上的火槍，接著這種造槍的技術又傳到了西歐的其他國家和俄羅斯。這種火槍雖然也是從槍口朝裡裝彈藥，但火藥已經無需用手點燃，而是藉助於火繩槍機。火槍的口徑達23公分，槍重為8～10公斤，射程為250公尺。後來又造出了槍身已截短和重量已減輕的短火槍，它是用來武裝騎兵的。短火槍很受海盜們的器重，它的尺寸和重量最稱這些「海上紳士」的心。

18世紀初期，性能優良、使用方便的燧發槍成了武器家族的主角。燧發槍有19.8公分的小口徑和較大的射速，上面安有刺刀，連刺刀在一起全長超過了1.5公尺，槍重約為6公斤，子彈重為32公克。燧發槍依舊是從槍口朝裡裝彈藥的，但是發射時既不採用導火線，也不採用火繩槍機。這時已經出現了裝火燧石的槍機，燧石會打出火來點燃火藥。

3·霰彈槍

雖然找不到現成的名字，筆者還是認為叫它霰彈槍比較合適。這種武器和火槍十分相似，只不過後者一次發射一顆子彈，它能一次發射數顆。在這一點上，它和今天的獵槍有些相似。霰彈槍通常比火槍短，還帶有一個張開的槍口，齜牙咧嘴地對著想射殺的傢伙。

4·手槍

手槍雖然在射程上無法和火槍相比，但是由於自身體積的關係，在使用和攜帶

上更為方便。海盜對手槍一向推崇備至，通常第一個登上敵人船隻的海盜有任意挑選戰利品的獎賞，而大多數人挑的第一件東西就是手槍。傳說黑鬍子就有一套子彈帶，上面有好幾把裝在套子裡的手槍。

手槍深受海盜們的青睞，從15世紀起就在海戰中受到了廣泛的應用。由於體積小，它們成了接舷戰中不可替代的近距離武器。15～17世紀的手槍有12～16公分的口徑，長度為30～50公分，使用時從槍口朝裡填裝圓形的銅彈、鉛彈和鐵彈。這種子彈製作起來很簡單，並且在滑膛槍存在的各個時代一直都有人在生產。

手槍的進化過程與軍事科學的發展是同時進行的。中世紀手槍的主要零件是槍機，它是射擊時點燃火藥的一種裝置。最早的槍機是火繩槍機，出現於15世紀。15世紀末至16世紀初又發明了轉輪槍機，槍膛裡的火藥引線是靠飛速旋轉的齒輪從爆石中擊出的火星來點燃的。16世紀時，撞擊型燧石槍機成了手槍的主要槍機，是用板機連同裝在板機裡的燧石一起撞擊鋼質火鐮的方法來點燃火藥的。

火繩槍機的發明者我們已經無法考證，但是說到轉輪槍機，卻有兩個人可以競爭發明權。一個是紐倫堡人約翰·基夫斯，另一個是義大利人列奧納多·達·芬奇。兩個人都有能夠證明自己發明專利的有力證據。約翰·基夫斯是個鐘錶匠，這種槍機的一些零件與鐘錶機件非常相似。而列奧納多·達·芬奇的手稿中有一幅畫，畫面上畫的一種裝置非常像轉輪槍機。武器專家們傾向於約翰·基夫斯，認為只有熟悉鐘錶行業的人才能想得出轉輪槍機。也許那個天才的義大利人才是它的真正發明者，可是他並沒有公佈他的發明，就像以往那樣生怕這一成品落入無恥之徒手裡給社會帶來危害。關於燧石槍機的設計者，人們普遍認為是西班牙人西蒙·馬誇特，他是西班牙國王卡爾五世的軍械技師。可是仍然有不同的觀點認為爆石槍機是由西班牙、荷蘭、俄羅斯、瑞典的軍械技師在同一時期，相互獨立發明出來的。

海盜武器——冷兵器

火炮、長槍和手槍是在海盜這一行業誕生數千年後才開始成為海盜們的常規武器的，在此之前，一直忠誠地為他們服務的是劍、矛、刀、鉞、斧鉞和登船斧這些冷兵器。

銅兵器時代和鐵兵器時代是冷兵器的鼎盛時代，冷兵器與火器並用時代是冷兵器逐漸衰落的時代，但隨著科技水準的發展，冷兵器更為精良，使用更為合理。冷兵器的性能，基本上都是以近戰殺傷為主，雖然在火器時代開始後，冷兵器已經不是作戰的主要兵器，可是由於它的特殊作用以及在各國、各地區的發展過程不同，冷兵器一直延用至今。

1·劍

劍毫無疑問是海盜武器的最古老形式之一。它出現於西元前2000年的中期，是一種雙刃直劍身的刺砍型武器。劍柄以十字接頭與劍身分隔開。一開始，劍是用青銅鑄成的，後來則是用鐵（鋼）鑄成的。

眾所周知，接舷戰是海盜的主要戰術手段，而劍恰好是他們在甲板上廝殺最得心應手的武器之一。

16世紀時，長劍特別流行。這是一種可刺可砍的武器，長度有時候可達一公尺多。劍身既可製成單刃的，也可做成雙刃的，劍身兩面都有血槽或劍稜。長劍的劍柄有許多種，有近似於敞開的、有帶護手盤的、有帶密封型防護罩的。

出現於16世紀的短佩劍和較晚些問世的雙鋒短劍也是接舷戰中常用的武器。這兩種武器都是短小的兵器。短佩劍的劍身又直又薄，兩面都有稜；雙鋒短劍打製時有點彎曲，既有單刃的，也有雙刃的。

2·矛

矛是和劍一樣古老的武器，由硬木杆和金屬矛頭組成的。矛的長度取決於它的用途，從1.5公尺至5公尺不等。海盜們用它去刺目標，或者把它朝目標投擲。

深受海盜們歡迎的是標槍，它是一種裝有金屬或骨質矛頭，用來投擲的短矛，適用於近距離戰鬥。為了增加投擲距離，海盜們還發明了一種專用皮帶圈，藉助於它可以增強投擲力量，能夠擊中70～90公尺之內的目標。

3・刀

水手刀可以說是海盜最主要的武器了。為了適合近身作戰，水手刀設計得比一般的刀劍稍短。它是一件劈砍用的武器，而且呈弧狀，以增加劈砍的威力。水手刀並不需要使用者有高深的技術，同時它也是海軍艦船上的標準武器。步兵所使用的軍刀和水手刀頗為相似。

7世紀時，歐洲的草原上就出現了馬刀。它至今為止仍是由凸出一面開刃的鋼鑄彎刀身和刀柄組成的刺砍型武器。刀刃被打磨得極其鋒利，東方的馬刀的刀柄由把手和十字接頭組成，而歐洲的馬刀的刀柄則由把手和護手盤組成。金屬製的護手盤比十字接頭的設計要合理得多，所以海盜們常常選擇歐洲馬刀。海盜們對它的結構做了重大的改變，他們發明了一種密封型的護手盤，而且還給它補裝上各式各樣的鐵爪和鐵鉤，可以靠它們去鉤住船舷或敵人。馬刀也是海盜打接舷戰時使用的主要武器之一。

刀身縮短的佩刀，特別是海軍用的佩刀，也是海盜們常用的一種武器。這種刀出現於16世紀，是一種單刃刀，長度達85公分，刀柄上裝有安全護手盤。

4・鉞

在中世紀初期，鉞是海盜作戰的主要冷兵器之一。它的刀刃很寬，達30公分，呈半月狀，安裝在一根長達一公尺的斧柄上。鉞的斧背上常常裝有一個小鉤子，像海盜的馬刀上的鐵爪一樣，可以鉤住任何東西，甚至還可以把目標從高處拖下來。

5・斧鉞

斧鉞在14至16世紀時極為流行，它是一種裝上斧頭的長矛。作戰時，既可以用它來刺人，也可以用它來砍人。由於普通的斧鉞太長，在接舷戰中用起來很不方便，海盜們也對它做了改進。首先是把它截短，其次則是給它加上了各式各樣的小鉤子，它們的功能上面已經介紹過了。此外，每個海盜還要做一副順手的斧鉞手柄，並給它裝上專用的皮帶繫在手腕上，以免武器被人家打得脫手飛掉。

6・登船斧

這種斧頭多數都比較粗糙，只是一塊鐵板加上木柄而已，但在登船時用來砍斷索具和網，倒是格外地有效。

還有許多其他種類的冷兵器，但是我們僅限於介紹那些在長達數世紀時間內被各代海盜們所使用過的主要武器。

第五節　觀海盜船

　　海盜船是海盜們用來打劫的交通工具，也是他們移動的堡壘，更是他們在海上漂泊的家。

　　幾個世紀以來，海盜們都在用他們聰明的智慧，不斷地改進船隻的性能、構造和規模，使他們能夠隨心所欲地在廣闊無垠的海面上披荊斬棘、乘風破浪。

北海海盜船

　　14世紀末15世紀初，當時正是克勞斯·施特爾特貝克爾爲首的利克德勒海盜集團在北海揚眉吐氣的時代，漢薩同盟的科格船就被認爲是最標準的海船。它是一種載重量達200噸的單桅商船，桅杆上升起的是一張四邊形的大帆，靠裝在艉柱上的舵來操縱。它有厚實的龍骨和船殼板，因此非常牢固，使用壽命極長。

　　科格船在北方海域上完美地服務了幾百年後，被載重量更大並且裝上了三根桅杆的胡爾克船所取代。

　　雖然科格船和胡爾克船都是單純的商船，但上面也有武裝的船員，之所以要部署武裝力量是爲了防禦來自他國的船隻或海盜的攻擊。

　　漢薩同盟企圖在沒有軍艦的保護下，就輕而易舉地穿過海盜們控制的水域，顯然低估了利克德勒匪徒的實力，商船很快就成了他們的囊中之物。海盜這一行業要

求做事有高效率，他們能夠在極短的時間裡成功地俘獲並洗劫任何一艘他們中意的船隻。但是海盜們很少使用科格船和胡爾克船來幹這種勾當，因為它的速度和火力還遠遠沒有達到他們的要求。因此利克德勒匪徒就對這些落入他們手裡的船隻進行了改裝，拆除它們的上層建築，在原來的位置安裝上火炮。

利克德勒匪徒還獨立設計出了一種戰船，這種被後人稱之為施尼格船和舒特船的海盜船是一種靈活機動和航速很快的船隻。海盜們駕駛這樣的船隻可以在弗里斯沿海一帶的礁石密佈的環境中，以及在河口的淺水區上自由地穿梭。漢薩同盟的一些最大的貿易城通常都設在這些地方，海盜們也喜歡在這裡設置埋伏。

地中海海盜船

地中海的海盜們使用的完全是另外一些船。

1．大橈船

大橈船是那個時代最為流行也是最為古老的一種戰船。這種船源自古希臘羅馬的三層橈船和三層划槳戰船，直到19世紀初期，在某些南歐國家的艦隊中還能夠看到它們的身影。

大橈船的船身長為50～60公尺，寬為15～18公尺。上面有兩根張著三角帆的桅杆，在有風的天氣升上船帆，在無風的時候就要靠船槳來幫忙，特別是兩軍相遇時更需要依靠划槳才能投入戰鬥中。作戰時，戰船需要靈活的機動性，在炮火下藉助

帆來做迂迴前進，無疑是冒險的舉動。因此，在戰鬥中行船的全部重擔全都落在槳手的身上。在這種情況下，監工就會大施淫威。槳手稍一馬虎，划得一不合拍，就會遭到鞭打。槳手被打死的事是經常發生的。

　　大橈船最輝煌的時刻發生在列潘托會戰中，當時有200艘基督教大橈船和270艘土耳其大橈船在海面上鏖戰了五個小時，殘酷地爭奪著最後的勝利。

　　2．三桅船

　　三桅船可以說是最為人們喜愛的一種船。它的體積不大，船長為25～30公尺。上層甲板最寬處約等於船長的三分之一，船吃水部分的形狀特別尖，這就使它成為

當時航速最快的一種海船。

瓦爾瓦里亞沿海一帶的海盜很早就把三桅船當作他們出海作戰的交通工具了。他們在船上配備了12～14門火炮，並在上面屯集了300～450個人，其中三分之二是作戰人員。

三桅船船上的帆在航行時可以根據不同的情況進行替換。如果風力不大，並且是從船尾吹來的，就裝上十分寬大的四角帆，使船在吹微風時也能保持最大的速度。要是改變了風向，朝船舷吹來時，那就把四角帆換成三角帆，它們會很好地兜住從尖角上吹來的風。起風暴時也用那種三角帆，但是尺寸較小。在無風的情況下，三桅船也可以依靠船槳航行。船上共有8～12對槳，它們就安裝在炮門前面。

3．大槳帆戰船

海盜們很少使用大槳帆戰船，這種船在航行史上存在的時間較短。它是由工程師佈雷桑於14世紀在威尼斯創造出來的，是一種超級大橈船。大槳帆戰船就火力而言要比一般的大橈戰船大上好幾倍，但航海性能並不好，只適用於相對平穩的天氣。

大槳帆戰船的船身長為80公尺左右，寬為20公尺以上，可以容納一千多人。船上裝著三根配有三角帆的桅杆，但是，槳手仍然是大槳帆戰船的主要推動力之一，他們被安置在32個槳手座上，每個座位上都有兩支槳。每支槳需要六至七個人才能划動，光憑這一點就可以看出槳的重量。作戰時需要全力划槳，所以大槳帆戰船上

也像大橈戰船上一樣，有一批專門挑選出來的監工，他們有著宏亮的嗓門，一次次發出口令來調控划槳的速度。為了維持槳手們的體力，就直接在他們划槳的過程中把一塊塊蘸過酒的麵包塞進他們的嘴裡。若是這樣做依然不管用的話，那就得使用鞭子了。

4．小帆船

小帆船是一種體積不是很大的槳帆船，結構上近似大橈船。它有10～16支槳和一張三角帆。小帆船的艙艉都是削尖的，上面有兩根桅杆。主桅垂直地豎立在船的中央，前桅安置在近船艏處，並朝前微微傾斜。小帆船原本是用作沿海航行的商船，上面並沒有武器裝備。當它良好的航行性能得到海盜們的充分賞識時，他們就開始給它配備了6～8門火炮。

加勒比海海盜船

加勒比海的海盜們使用最多的那些船，毫無疑問就是雙桅橫帆船、縱帆船、雙桅縱橫帆帆船和三桅戰船。

雙桅橫帆船是裝有四角帆的，排水量爲150～300噸的雙桅戰船。備有20～25門火炮，船員人數達60～80個人。這是一種受海盜們青睞的、易操縱而又行駛得相當快捷的戰船。

18世紀初在北美洲問世的縱桅船就大小而言不及雙桅橫帆船，但是能裝三根配置三角帆的桅杆，火炮多達16門，排水量達200噸。

雙桅縱橫帆帆船是一種輕型快速的雙桅戰船，前桅上面裝的是四角帆，主桅上面裝的則是三角帆，船上備有6～8門火炮。

最後介紹的是三桅戰船，正如讀者們熟知的那樣，印花布傑克的「龍船」就是一艘三桅戰船。一艘中等大小的三桅戰船通常介於克爾維特式輕巡航戰船和雙桅橫帆船之間，它的排水量視船隻大小而定，通常在300～900噸之間，可以容納一百多位船員。船上有三根張著四角帆的桅杆，但有些三桅戰船的船桅上裝的卻是三角帆。

加勒比海海盜們十分頻繁和非常樂意使用的一種船叫皮納薩船。它是一種長約45公尺和寬爲6～7公尺的槳帆船。皮納薩船有三根桅杆，每根桅杆上配有一張帆，此外，它還備有船槳。這些船通常都被做成可拆裝的，使用起來十分方便。海盜們將皮納薩船拆開後裝在別的船上運送到作戰地點，然後再組裝起來，用來運送作戰人員登陸或者進攻停泊在海灣裡的敵艦。

印度洋海盜船

在這裡我們不得不提一提「維克托號」，也就是信奉空想社會主義的海盜米松和卡拉奇奧用來譜寫自己史詩的那艘船。

詹森船長的書中並沒有標明「維克托號」的等級，但是根據它被編入法國海軍的編制並被派到海上交通線上去活動的這一點做判斷，它不是巡航戰船，便是克爾維持式輕巡航戰船。這類戰船有三根張四角帆的桅杆，還有強大的炮火武裝，克爾維特式輕巡航戰船上有30門炮，巡航戰船上則有近60門炮。上述船隻的排水量也是相當大的，在450噸到800噸之間。按照噸位計算，船上所配備的人員應該在150～250人之間浮動。在海盜首領「海軍上將」湯瑪斯‧蒂尤與約翰‧阿弗里進行談判時，「維克托號」遇難了，湯瑪斯‧蒂尤本人則是用那艘已轉交給共和國管理的三桅戰船航行的。至於說到「自由人」的第二艘船，也就是在好望角旁邊掠獲的「比茹號」，那就為假設打開了所有的閘門。「比茹號」也許是雙桅橫帆船，也許是三桅戰船，也許是雙桅縱橫帆帆船。詹森船長隻字未提該船的等級，我們只能把它做為一個謎團提出來。

中國的海盜船

最後就讓我們把目光轉到東南方的大片海域上吧！那些東方國家，特別是中國，按照傳說差不多是在五千年前，也就是在西元前2852年就造出了帆船，直到現在仍在圓滿地履行著自己的職責。歐洲人在1298年就已經從威尼斯人馬可‧波羅的書中得知了中國帆船的情況。在18、19世紀交會之際，「秦夫人」帶領的海盜就是

駕著帆船在中國東南沿海往來馳騁的。

那麼，中國的帆船到底是什麼構造呢？

它的船身長達55公尺，寬度達9公尺，有微微向上翹起的寬大船艏與船艉，中間看起來好像是「下垂著的」。它的排水量達600噸，桅杆則多達5根。帆船上的帆是四角形的，是用靠橫板條聯結起來的木板條製成的。看起來像是一種獨特的百葉窗。在需要收帆時，可以像手風琴風箱那樣收攏起來。中國的帆船建造得十分結實，航行的壽命可以達到100年至150年，這在今天絕對是個最高紀錄。

以上所敘述的是不同時期海盜在不同海域所使用的戰船，正是擁有了這些作戰工具，才使得海盜們如魚得水，進行著一次次成功的追襲，演繹出一個又一個的傳奇。

第二章

慴人心魄的海盜故事

曾記得影片《臥虎藏龍》中有這麼一句台詞：「有人的地方就有恩怨，有恩怨的地方就一定有江湖。」那麼，對海盜來說，有海的地方就有船，有船的地方就一定有海盜。遭遇海盜，對每一個人來說都將會是一場靈夢，而且，在靈夢之後依舊不是清晨，當然不是說清晨不會來臨，而是說他們再也不會醒過來面對清晨……

第一節 「鳥船」號遇難記

故事發生在1719年4月1日，這天正好是西方傳統的愚人節，下午五點鐘，一艘名叫「鳥船」的英國販奴船，滿載著從荷蘭運往西非海岸的貨物，趁著漲潮的時刻，開進了塞拉里昂河的河口，準備在那兒拋錨過夜。當他們駛入河口時，船上的水手發現，在離他們很遠的上游地區，有一艘船靜靜地停泊在那裡。船長威廉·斯內爾格雷夫當時並沒有過多地在意，認為那不過是一艘普通的商船而已。可是令他萬萬沒有想到的是，海盜們早已像幽靈一樣纏上了他的商船。不僅上游的那艘船是海盜的，就連在河流轉彎處埋伏的那兩艘船也同樣是他們的。

夜幕很快就降臨了，海上的夜是柔和的、是靜寂的、是夢幻的。水手們經過了一天的勞累，有的已經早早地進入了夢鄉。晚上八點鐘，船長威廉·斯內爾格雷夫從甲板上走了下來，回到船長室，像往常一樣坐下來吃晚餐。就在他剛端起一杯萊姆酒想要往嘴裡送的時候，值勤官急急忙忙地跑來報告說，他隱隱約約聽到了海面

上傳來船槳的擊水聲。斯內爾格雷夫聽到後心裡一沉，他立刻放下酒杯，返回甲板上。爲了以防萬一，他命令大副西蒙‧鐘斯趕緊去底艙，組織20名水手帶上火槍和彎刀到後甲板上集合待命。

海面上漆黑一片，誰也無法看清到底是一艘什麼樣的船朝這邊划過來。斯內爾格雷夫站在茫茫的黑夜中，四周一片寂靜，耳邊不斷傳來櫓架搖動時發出的陣陣嘎吱聲和從槳葉上流下來的水打在水面上發出的清脆的滴水聲。聲音越來越近，也越來越響，船長的心裡充滿了不安的情緒，不由得升起了一絲莫名的恐懼。斯內爾格雷夫命令二副向來人喊話，沒過多久，就從漆黑的河面上傳過來一個英國人的口音。他自稱是美洲人，是從巴巴多斯的一艘船上過來尋求幫助的。話音剛落，在黑夜中就響起了一陣槍聲，船長一下就明白來者的眞實意圖。

斯內爾格雷夫喝令大副開槍還擊，可是手下的一名頭目卻告訴他說，水手們拒絕拿起武器。船長聽後大吃一驚，雖然他並不是18世紀那種兇殘的船長，總是靠強權來維持統治，但是在緊要關頭，還從來沒有人違背過他的命令。斯內爾格雷夫一向主張寬厚地對待自己的手下，他雖然是一個奴隸主，卻是一個正直的、通情達理的人，在水手中一直享有很高的威望。斯內爾格雷夫對手下們一反常態地拒絕他的指揮感到萬分不解，他怒氣沖天地下到艙底，粗暴地責問水手們爲什麼要拒絕戰鬥。水手們無可奈何地聳了聳肩膀，將兩手一攤，原來他們根本就找不到放武器的箱子。斯內爾格雷夫後來才知道，這是大副出於個人的原因，事先將裝有武器的箱子藏了起來。

水手們錯過了最好的還擊時機，使那艘陌生的船隻輕而易舉地靠上了他們的商

船。這時，「鳥船」號上的人已經無處躲藏了，災難開始降臨在每個人的身上。他們提心吊膽地傾聽著甲板上傳來的驚叫聲和嘈雜的腳步聲。星光閃耀的夜空襯托出一群恐怖的黑影，這些侵犯者從後甲板蜂擁而上，拔出手槍胡亂地朝著底艙射擊，一名在船艄上的水手成了第一個犧牲品。接著，他們又向底艙扔了幾顆手榴彈。巨大的爆炸聲和嗆人的濃煙將「鳥船」號上的人嚇得暈頭轉向，他們揮舞著雙手，亂叫著朝船尾跑去。

在以前的歷次航海中，船長斯內爾格雷夫從來都沒有遇到過海盜。可是在這以後的日子裡，他看夠了這些人的嘴臉，也吃夠了他們的苦頭。值得慶幸的是，他最終還是保全了性命，並把這些毛骨悚然的故事流傳了下來。斯內爾格雷夫歷經九死一生回到倫敦後，出版了一本名爲《幾內亞見聞和奴隸貿易》的書。這是一本引人入勝的文獻，在書中斯內爾格雷夫透過他冷靜、敏銳的觀察，向人們講述了他和海盜相處的親身經歷，給後人提供了關於這群「海上紳士」的最寶貴內幕見聞。

最先出現在斯內爾格雷夫視線裡的是這群登上甲板的海盜頭頭，他是海盜船的一個舵手。他來到了底艙，到處喝問誰是這艘商船的船長。斯內爾格雷夫從人群中走了出來，鎮定地回答說：「我就是這艘船的負責人，你們爲什麼要襲擊我的船隻？」舵手上下打量了船長幾眼，兩隻血紅的眼睛頓時放射出儡人的凶光，他一把抓住船長的衣領，逼問他爲什麼要命令水手開槍，因爲他在襲擊時聽見船長下達了好幾次這樣的命令。斯內爾格雷夫毫不畏懼地說：「保衛船隻是我的天職，如果當時我們開槍還擊的話你們未必能上得了船。」舵手猙獰地笑了笑，幸災樂禍地說：「現在你還命令開槍嗎？」斯內爾格雷夫依舊不屈服，他堅定地說：「爲了商船和手下的安全，我絲毫不後悔當初的決定，如果可能的話，我是不會放棄抵抗

的。」舵手被激怒了，他立刻拔出手槍，抵住這位倒楣船長的胸膛，扣動了扳機。斯內爾格雷夫本能地向旁邊躲了一下，子彈打偏了，擊中了他的側肋。這位可憐的船長頓時鮮血直流，他捂住傷口搖搖晃晃地站在那裡，舵手仍然沒有放過他，接著用槍柄狠狠地朝他的頭上猛打了一下，船長一下子跪倒在地。

過了好久，斯內爾格雷夫才慢慢地醒了過來，他鼓足力量和勇氣衝出底艙，跑上後甲板，那裡也是無路可逃。他剛來到後甲板，迎面就碰上了海盜的水手長，這是一個更惡毒的傢伙。水手長一言不發，舉起腰刀朝著斯內爾格雷夫的頭劈了過去，船長急忙躲閃，大刀落空，砍在欄杆上，刀陷進去大約有一英寸深。由於用力過猛，大刀斷成了兩截。水手長野性大發，咆哮著拔出手槍，用槍托狠命地朝向船長的頭部猛打。那些躲在甲板上聽天由命的水手，看見自己的船長被折磨得奄奄一息，立刻就要沒命了，都忍不住走過來向那個水手長求情。「看在上帝的面上，就放過我們的船長吧！他可是我們從未碰到過的好人。」水手們戰戰兢兢地向這個殺人魔王請求道。這樣一來，他們使船長保住了性命，卻把海盜水手長的火氣，引到他們自己的身上來了。

這群海盜僅僅用了幾分鐘的時間，就完全佔領了「鳥船」號商船。對於這樣的戰績，他們顯然十分滿意。那個海盜舵手趾高氣揚地站在甲板上，情緒也平和了許多。他把斯內爾格雷夫從甲板上扶了起來，告訴這個滿臉鮮血的船長，只要船上的水手不控訴他，他就不會受到什麼懲罰。最後，海盜們得意地朝天鳴槍，以示勝利。

以後發生的事情，卻是令人啼笑皆非，海盜們竟然「大水沖了龍王廟，一家人

不認一家人」了。事情是這樣的，那艘停在上游的海盜們的領頭船，一聽到這邊響
起了密集的槍聲，就立刻砍斷拋錨的纜繩，趁著河水退潮之勢開過來增援。他們根
本沒有料到派出打劫的同伴會如此容易得手，當看到「鳥船」號上燈火通明，就誤
認為他們派去搶船的人失敗了。為了報仇雪恨，海盜船在黑夜中竟然向已經屬於他
們的「鳥船」號商船猛烈開火。船上的人群一陣騷動，斯內爾格雷夫茫然不解地看
著這一切，簡直不敢相信這是真的。沉默了許久，他終於向海盜舵手提出了建議，
他要親自向舵手的夥伴們喊話，告訴他們劫持已經成功了。可是使他大吃一驚的
是，這個舵手不僅不感謝他，反而顯得很生氣，還諷刺他害怕吃子彈去見閻王，斯
內爾格雷夫回應說他希望有朝一日能被炮彈送到地獄去。不過，舵手最終還是聽從
了船長的勸告。當聽到斯內爾格雷夫說商船已經被他的同伴們佔領了，上面還滿滿
地裝著酒和貨物時，炮火立刻停止了。

　　不一會兒，海盜司令湯瑪斯·科克林船長，這位矮胖的英格蘭人大搖大擺地來
到了商船上。他下令將船上所有的活禽都宰了做菜。手下人大聲歡呼了一陣後，就
開始動手準備他們的盛宴了。他們把雞、鴨、鵝簡單地拔掉毛掏去內臟後就一股腦
兒地放進了一個大鍋裡，旁邊還放了一些德國威斯特伐利亞的火腿和一隻懷了孕的
母豬，這隻母豬也是馬馬虎虎去掉內臟後拿來煮的，肉上還殘留著許多豬毛……

　　就在海盜們大擺酒宴、吆五喝六的時候，可憐的斯內爾格雷夫無助地思考著該
如何應對這場災難的事故。佔領商船的海盜船隊是由三個惡名昭彰的船長指揮的，
這三個聲名狼籍的傢伙分別是科克林、豪厄爾·戴維斯和綽號禿鷹的奧利弗·拉伯
斯。在斯內爾格雷夫被俘虜的第二天早上，船員中就有十個人加入了海盜的組織，
其中包括大副西蒙·鐘斯。鐘斯告訴他說，因為自己的婚姻破裂，他受到了妻子的

傷害，所以才要當海盜。同時他還告訴船長，在海盜登船之前，是他把裝武器的箱子藏起來的。他一開始就斷定，那艘朝商船划過來的船肯定是海盜船，於是就決定裡應外合。斯內爾格雷夫聽到後雖然異常氣憤，但是此時也是無可奈何。

船長剛剛包紮好傷口，就被叫到科克林面前。科克林對他說：「船長先生，實在是對不起，在我們饒恕你之後，還讓你受了不少委屈。不過這場戰爭是命中註定的，我們不會放過任何一塊到嘴的肥肉！」說完，他得意地環顧了一下四周，那些酒氣薰天的海盜們更是放肆地大笑起來，彷彿此刻整個世界都被他們踩在腳下似的。這個英格蘭胖子又接著說道：「尊敬的船長先生，我現在要問你幾個問題，你要老實回答，千萬別耍什麼花招，不然我會叫你粉身碎骨。如果你講實話，我還可以考慮放過你，不過前提是你的手下對你並沒有什麼怨言。」

「人為刀俎，我為魚肉」，在這種情況下所有的反抗都是毫無意義的，船長審時度勢，答應了海盜的要求。

科克林首先提到的問題就是「鳥船」號的航海性能如何，他決定把這艘商船改造成戰船用來充實自己的海上實力。斯內爾格雷夫毫不隱瞞地將商船的一切情況告訴了科克林。這個英格蘭矮胖子聽後，滿意地點了點頭。接著他又對領導權和財產的分割情況做了說明，誠然這一切都是「順我者昌，逆我者亡」的強盜邏輯。總而言之，科克林對船長的表現還是認可的。從此以後，斯內爾格雷夫便可以自由活動了，他帶著恐懼和好奇的心情，面對著這個陌生的海盜世界，開始了他的觀察——

這群海盜根本就是一群反覆無常的傢伙，一切都由著性子來。他們有時像紳士一樣彬彬有禮，有時卻像個不懂事的孩子那樣粗暴無知。斯內爾格雷夫無奈地站在

一旁，看著三艘海盜船的船員輪流到「鳥船」號上來搶劫財物。他們把26加侖裝的法國紅葡萄酒和白蘭地一桶桶地搬到甲板上，撬掉桶蓋，用罐和碗之類的器皿盛著，拼命地往嘴裡倒。如果發現瓶裝的酒，這些酒徒連瓶塞都懶得拔，直接用身上的短刀把瓶頸打碎，結果三瓶酒中總要白白地摔掉一瓶。他們喝夠了之後，還把盛滿酒的桶拋來拋去隨意嬉鬧。到了傍晚，他們就用這些剩下的酒來洗刷甲板。至於吃的東西，諸如乳酪、奶油、糖等食品，他們也會像風捲殘雲一般，很快就吃了個精光。

這時，有幾個海盜跌跌撞撞地走進了斯內爾格雷夫的船長室，不小心被放在地上的一捆貨包絆了一下，這個包裡有船長本人用來進行私人交易的部分高級衣服。這幾個傢伙不由分說地就把身邊所有的貨包統統扔進了海裡，只有一個貨包實在是太重了，才免遭被丟入海的厄運。這幾個人肆意地發洩了一通，還不肯罷休地說要擰斷把貨包放在這裡的人的脖子。斯內爾格雷夫眼睜睜地看著這些上好的貨物被海盜們隨意蹧蹋，內心覺得十分可惜，可是又不敢出來阻止，面前可是些殺人不眨眼的魔王，躲都來不及了，誰還敢去送死啊！可是令斯內爾格雷夫啼笑皆非的是，就在這群海盜把他心愛的東西扔進海裡的時候，另一群海盜卻幸災樂禍地向他表示了「同情」，給他送來了蜂蜜酒，還送來了切好的煮火腿和硬麵包。那個海盜舵手做得更出格，他一把奪過斯內爾格雷夫的金懷錶，一陣風似地跑到甲板上去踢著玩，一邊踢，一邊哈哈大笑，說這絕對是一個很好玩的「足球」。還有一個喝醉了的海盜把斯內爾格雷夫的帽子和假髮洗劫一空。

海盜們的許多行為舉止，都讓斯內爾格雷夫感到無法理解。其中最讓他感到震驚的是，海盜的船長幾乎很少有什麼特權。一天，三位海盜船長一起來找斯內爾格

雷夫，向他索取幾件繡花外套，他們想把自己打扮得英俊些，以贏得岸上黑人女士們的歡心。斯內爾格雷夫把一件最長的猩紅色繡著銀花的外套給了矮個子船長科克林，當這個英格蘭胖子穿上後，在場的人不由得笑了起來，這件衣服實在是太大了，下襬都快到腳跟了，看起來就像是穿了個大布袋。當科克林紅著臉扭動著肥碩的屁股想要脫下這件不合身的衣服時，另外兩個船長卻阻止了他。「禿鷹」奧利弗·拉伯斯連哄帶騙地對他說：「老夥計，非洲這些娘兒們根本不懂歐洲的時裝，看到你穿做工如此精良、裁剪得如此寬鬆的外套，說不定她們會把你當成我們三個人之中最重要的人物哩！」科克林對他的話感到十分受用，不但沒有脫下，還故作姿態，扭扭捏捏地在甲板上走了幾圈。

　　當這三個海盜頭子划船上岸，去尋歡作樂的時候，這些留在船上的水手們卻感到自己受到了莫大的冒犯。按照海盜們的民主協議，船長應該徵得水手們的同意才能從斯內爾格雷夫那裡拿走衣服，但他們並沒有按照規定做。海盜們協商後認為，如果這次就這麼輕易地容忍過去，日後船長們極有可能會變本加厲地隨意侵吞公共財產。於是他們決定按照規矩辦事，來限制船長們的特權。就在三位船長第二天早上回到船上時，眾人一擁而上將他們的外套扒下來放進了公共財物箱中，以便將來按照慣例掛在桅杆上公開叫賣。有一個名叫威廉斯的海盜，他是拉伯茲船長那艘船上的舵手，看到這些人冒失的舉動，就認為是斯內爾格雷夫慫恿他們幹的。他抽出佩刀，威脅著說要殺死斯內爾格雷夫，眾人費了好大的力氣才奪走他的刀，威廉斯依舊不肯罷休，不住地破口大罵。有人告訴斯內爾格雷夫說：「威廉斯這個人說話向來是算數的，你可要多加小心。」斯內爾格雷夫急忙向他請教平息威廉斯怒氣的法子。那個好心人提醒他說，威廉斯這個人很愛面子，以後對他最好以「船長」相

稱，多說些奉承的話就會沒事的。斯內爾格雷夫照辦後，效果果然不錯，威廉斯不僅不再揚言要殺他，反而給了他一小桶酒，還成了他的朋友和保護人。

斯內爾格雷夫在船上簡直是度日如年，後來，海盜船長們和一部分船員召開了一次會議，決定釋放斯內爾格雷夫，他們認爲他是一個好人，都一致裁決釋放他。「現在，時來運轉了，」斯內爾格雷夫事後回憶說，「他們對我的態度判若兩人，我由一個囚徒一下子變成了他們的座上賓。」海盜們還決定把他們搶劫來的「布里斯托爾‧白雪」號船給斯內爾格雷夫，爲了表示尊敬，他們把「鳥船」號上剩下的貨物全部奉還，並且還加上一些從別處搶來的價值數千英鎊的貨物，海盜們甚至還幫助斯內爾格雷夫的水手們搬運這些貨物。「鳥船」號商船被他們留了下來，改裝成了戰船。

　　在臨行的時候，幾位海盜船長還爲他們舉行了一次告別盛會，可是這次盛會幾乎造成一場災難。晚宴正在進行的時候，有人不小心把一根放在盛滿萊姆酒的酒桶旁邊的蠟燭碰倒了，以致酒桶爆炸起火。當時船上裝載了三萬磅火藥，海盜們嚇得魂飛魄散，都紛紛湧向救生艇或遠遠地躲藏在牙檣那邊，其他的海盜喝得爛醉如泥，顧不了逃命，眼看就要葬身火海。這時，斯內爾格雷夫挺身而出，帶領十二個水手努力了近兩個小時成功地撲滅了這場大火，避免了一場災難。海盜們對斯內爾格雷夫幫助救火一事表示十分感激，有人提議這位好船長和他們一起去幾內亞沿海，並且還說他是一個更好的領航人。戴維斯船長認爲自己的領導權威受到了挑戰，就把這個人打了一頓撞下後甲板，這個自私的船長認爲斯內爾格雷夫是他潛在的對手，希望斯內爾格雷夫早些離開海盜船。就這樣，在1719年5月10日，也就是被俘虜一個多月後，威廉·斯內爾格雷夫船長終於自由了。他帶領剩下的水手登上了「布里斯托爾·白雪」號船，安全地駛回了英國。

第二節　兇殘的「黑人」船長羅伯茲

　　非洲幾內亞海岸阿納馬布地區環境十分惡劣，在刺眼的烈日照射下，白天像火爐一樣的熱，夜晚卻潮濕無風。這裡的食物匱乏，疾病流行，毒蛇猛獸遍佈叢林，還有一些食人族的部落分佈其中。這個地方對歐洲人來說簡直成了人間地獄，只有貪心不足的白人才敢冒險來到這裡。儘管如此，早在1719年，阿納馬布就已經成為歐洲人立足點中最富有、最重要的驛站之一。在奴隸貿易的全盛時期，它成了從塞內加爾河到懷達一帶所有奴隸轉運站中最繁忙的一站。

　　非洲皇家公司在阿納馬布建造了查爾斯城堡，在城堡上建了塔樓，用於警戒。英國商人就住在這座城堡裡尋求保護，但他們的死亡率卻高得驚人。據說當時每個驛站都同時任命三位總督，一個是現任的、一個在途中準備接任，還有一位在英國，時刻準備起程來接替前面那兩個倒楣鬼。在這個叫凡提的漁村裡，只有酒和非洲姑娘，或者是那些進進出出的船，才能暫時把水手們的孤寂和煩悶驅散。阿納馬布沒有港口，只能依靠一艘艘獨木舟，渡過吃人鯊魚游弋在其中的海上，往返於海岸和大船之間，運送奴隸、象牙和金子。

　　就像往常一樣，從倫敦來的「公主」號商船正從查爾斯城堡的圍圈地中趕運奴隸；另外兩艘英國商船「莫利斯」號和「雌鹿」號的船長正在和非洲公司的商人洽談生意，他們誰也沒有想到，厄運就這樣悄悄地來臨了。這時，有兩艘陌生的船隻迅速地向他們靠過來，商船上的水手一看來者的外表就知道他們是海盜。一艘外型靈巧的黑色船率先衝了過來，這艘船主桅頂端飄著一面黑旗，甲板上站滿了全副武

第二章　懾人心魄的海盜故事

裝、殺氣騰騰的亡命之徒。這
就是讓人聞風喪膽的「詹姆斯
國王」號，緊隨其後的是它的
姊妹船「皇家流浪漢」號，它
是由威爾士船長豪厄爾‧戴維
斯截獲的一艘荷蘭商船改造
的，船上裝備了32門大炮和27
門迴旋炮。

　　販奴船上的人毫無準備，
他們一看形勢不妙，立刻將船
旗砍掉，以示投降。也許是因
爲病疫折磨的緣故，那些負責
非洲公司的商人們也沒有進行
什麼抵抗。他們僅有的幾聲零
星的炮聲，被海盜船上的排炮
聲一下子就壓下去了，隨後一
切又恢復了平靜。

　　「公主」號上的船員都被押上了海盜船做苦力，在這些船員當中，有一位名叫
巴薩羅繆‧羅伯茲的水手，他是「公主」號上的三副。他不久也變成了海盜，並且
成了當時最兇殘的一位海盜首領。

　　他大約出生於1682年，曾經在那場曠日持久的西班牙王位爭奪戰中，在海軍軍艦上或武裝民船上服過役。在「黑鬍子」船長橫行海上的時候，他還在一艘巴巴多斯的商船上當大副。在他30幾歲時，已經是一位很出色的航海能手了，對駕駛船隻和管理水手以及海戰的戰術等方面樣樣精通。按照當時海盜的行話來說，他已是「刀槍不入」了。

　　身爲一名從勞動人民階層出身的海員，羅伯茲很難晉升到更高的領導崗位上，只有當了海盜，他才有可能施展他的抱負。就這樣，羅伯茲加入了海盜的隊伍，儘管如此，他起初還是不喜歡在戴維斯的船上從事海盜活動。但是隨著事態的發展，他的地位發生了改變。在一次去王子島補給食物時，船長戴維斯中了葡萄牙人的埋伏，被亂搶打死。海盜們駕著「皇家流浪漢」號撤退到公海上，就在這危難的時刻，船上的水手們選舉了羅伯茲當船長。

　　羅伯茲接受了大家的推舉，當他被選爲船長後，他明顯地感到自己開始慢慢地喜歡這個行業了。「既然命中註定應該當海盜，那麼當個頭頭總比當個無名小卒強。」這就是羅伯茲在爲自己開脫的理由。

　　笛福稱這位在海盜歷史上野心勃勃的船長爲「黑人」，說他是一個皮膚黝黑的典型的威爾士凱爾特族人。他雖然身材矮了一些，但是具有堅強的個性和天生的領導資質。當了船長之後，他不可避免地表現出了某些正規海軍軍官所具有的那種紳士式的矯揉造作的風度。他穿著深紅色的緹花緞馬甲和馬褲，戴著裝飾紅羽毛的三角帽，在脖子上掛的一串金項鍊上，墜著一個鑽石的十字架，雙肩披著兩條絲綢武裝帶，左右各帶兩支手槍，腰上掛著佩劍。他喜歡喝茶，認爲這是紳士派頭的生活

方式。他不喜歡沉緬於狂飲烈酒，認為這樣會削弱他的行動效率。海盜們嗜酒如命，幾乎經常處於發狂或喝醉的狀態，喝醉後舉止荒唐，還會帶來一連串無休止的混亂。他們在酒精的刺激下會變得目無法紀，每個人都以為自己就是船長、是王子，甚至是國王。羅伯茲對此感到十分不滿，他決定用強硬的手段來管理這群野蠻的傢伙。他要求手下每個人都發誓堅決服從他訂立的規矩，然後立刻制訂出嚴格的條令。在無法勸服他們酗酒後，羅伯茲對他們採取了更加嚴厲的態度。他聲明，如果有人對他的那套做法不滿，可以離船上岸，另謀高就；如果他們覺得不服氣，還可以帶著寶劍和手槍和他決鬥，他隨時奉陪。

一次，一個喝得爛醉如泥的水手當面罵了羅伯茲船長，他勃然大怒，當場就把這個水手給殺了。這個舉動在海盜的群體裡引起了軒然大波，那些沉迷於酒的水手感到十分不滿，一個叫湯瑪斯‧瓊斯的傢伙聽說這件事後，大罵羅伯茲，並且聲稱要把羅伯茲幹掉。羅伯茲一聽，暴跳如雷，立刻拔出寶劍一劍刺在瓊斯身上。瓊斯雖然身受重傷，仍然奮力抓起羅伯茲，把他朝大炮那邊扔了過去，「很漂亮」地一招制敵。

這一暴動事件引起了船上全體人員的騷動，海盜們也分成了兩派，一部分站在羅伯茲這一邊，另一部分則站在瓊斯這一邊。雙方僵持不下，眼看就要釀成一場同室操戈的災難。多虧在負責全船紀律的舵手的調停下，才使得這場騷亂平息下來。隨後展開了討論，大多數水手認為，船長的權威必須得到尊敬，任何人不得破壞他的威嚴。於是，大家判決可憐的瓊斯將要受嚴厲的處罰。等到瓊斯的傷痊癒後，他被捆綁起來，全船180名水手每個人抽了他兩鞭。在這樣的酷刑下，瓊斯仍然沒有屈服，後來找了個機會，他和自己的朋友一起離開了羅伯茲，自尋出路去了。

　　當初「皇家流浪漢」號在1719年7月在新船長的率領下起航時，船上的水手們並沒有完全體會到羅伯茲兇殘的本性，更沒有預想到前進道路上將會遇到什麼樣的風險。不過，這位以「黑色準男爵」聞名的海盜船長，一開始出手就令過往的商船毛骨悚然。爲了替戴維斯復仇，他回到王子島，把那裡的葡萄牙殖民地夷爲平地。清算完了這筆血債之後，羅伯茲帶領眾人沿著阿弗拉灣曲折的航道南下。在那裡他們搶劫了一艘荷蘭人的商船和一艘皇家非洲公司的販奴船。羅伯茲和手下人對幾內亞沿岸這塊悶熱的地方早就厭倦了，他們決定到富饒的葡萄牙殖民地巴西去。於是，羅伯茲在安諾本小島召開了全體會議，經過投票表決，大多數人都擁護羅伯茲的決定。就這樣，船隊從安諾本島出發，駛向離南美洲2300海浬的費爾南多德諾羅尼亞島。經過了28天的航行，「皇家流浪漢」號在羅伯茲傑出的指揮下，來到了南大西洋一個杳無人煙的火山岩尖島旁的小海灣，海盜們在這裡補充淡水，維修船隻，準備對巴西沿岸的商船做突擊。

　　羅伯茲的海盜船在巴西沿海來回游弋了好幾個星期，一直沒有找到適合的對象。一直到1719年9月，他們才在巴伊亞附近，發現了一個由42艘葡萄牙商船組成的商船隊。當時船上滿載著從巴西運來的金子、菸草、蔗糖和皮革，在兩艘軍艦的護衛下，準備橫渡大西洋開往里斯本。在商船進行編隊的時刻，羅伯茲的海盜船突然衝進了船隊的正中間，搶登上其中最富有、負載最重的一艘船，搶走價值5萬英鎊的金幣。其他商船見此情景，亂成一團，他們急忙向兩艘護衛軍艦發出了緊急的危險訊號。在兩艘軍艦剛緩過神的時候，海盜船早就逃之夭夭了。

　　海盜們駕著船隻一路向北航行，在圭亞那附近的德維爾島上，他們將搶來的東西變換爲貨物和女人，在那裡肆意地吃、喝、嫖、賭，過了幾個星期花天酒地的放

蕩生活。隨後，他們進入了加勒比海，在與皇家海軍和各島的武裝民船的交戰中失利後，又繼續向北航行，目標鎖定了紐芬蘭。

1720年6月，羅伯茲的海盜船在主桅頂上升起了飾有白色骷髏的黑旗，大搖大擺地開進了特雷巴西港。當時港口內停泊了22艘商船，商船上有1200百名船員和40門大炮。可是這些船員沒有放一槍一炮就逃到岸上去了。羅伯茲和他手下的水手，兵不血刃就贏得了勝利。他們從容不迫地搶劫了這裡所有的船隻，順便還洗劫了4艘剛剛開進港口的船。一支擁有150艘船的漁船隊也沒能倖免，那些手無寸鐵的漁夫無可奈何地看著這些兇神惡煞般的海盜搶走了他們的全部家當和弄沉他們的漁船。羅伯茲從被俘獲的商船中，挑選了一艘最好的布里斯托爾快船來代替破舊不堪的「皇家流浪漢」號，並給它取名為「皇家幸福」號。他的這一舉動使新英格蘭總督十分震驚，他在描述羅伯茲到特雷巴西來的報告中寫道：「人們無法不去讚美他的勇敢和大膽。」

羅伯茲的船隊在離開紐芬蘭海岸後，又截獲了6艘法國船。他在新俘獲的船中又挑了一艘最好的船，以代替前不久截獲的那艘布里斯托爾快船。這艘新船有28門大炮，羅伯茲仍然給它取名為「皇家幸福」號。

船隊在離新英格蘭海岸不遠的地方，他們又截獲了一批英國船隻，其中就包括當時最富有的單桅帆船「山姆」號。海盜們撬開底艙蓋，爭先恐後地衝進貨艙。他們把所有找出來的包裹、箱子、盒子統統打開。凡是對他們沒用的東西，都扔進了海裡，一邊扔還一邊大聲咒罵。海盜們威脅船上的人交出財物，否則就把他們扔進海裡。在火槍和尖刀的威脅下，乘客們都乖乖地服從了命令，海盜們不費吹灰之力

就將船上乘客所有的錢財和細軟洗劫一空。

　　海盜們劫走了船帆、大炮、火藥、纜索和價值1萬英鎊的貨物。他們還把哈里·格拉斯拜大副從船艙底下拖了出來，強迫他上了「皇家幸福」號。羅伯茲很少強迫被俘獲的水手服役，但對於這些商船的頭頭們他倒是很願意戲耍一番，滿足一下自己的虛榮心。海盜們對「山姆」號船長說：「我們不會接受什麼狗屁赦免法，讓國王和議會連同那些赦免法見鬼去吧！我們才不會去好望角充當一具任人吊死或曬死的乾屍呢！」這群海盜另有打算，他們決定撈足了錢財之後，再去尋求赦免。根據羅伯茲手下的一名水手交待，他們的標準是每個人700到800英鎊。有些安分守己不亂花錢的海盜，攢夠了錢就離開了船，暫時隱退了，不過這樣的人很少。大多數的海盜都是貪得無厭的，他們只在乎眼前的歡樂，誰也不會去想身後事。「如果一旦我們被捕，就開槍點著火藥，大夥一起快快活活地進地獄去。」

　　1720年9月，羅伯茲的船隊回到了加勒比海。根據以往的經驗，羅伯茲推斷西印度群島不再是他們捕獲獵物的好地方。但是海風和氣候的反覆無常使羅伯茲根本沒有選擇的餘地。他率領船隊從新英格蘭往南行進，來到德西達島，在那裡補給食物和淡水，準備橫渡大西洋到非洲去。羅伯茲原本打算第一站先到佛德角群島最南面的布拉瓦，可是海風卻把他推到北面去了，船隊無法頂著強勁的南風繼續南下，只好乘著東北信風回到了加勒比海。

　　由於旅途的耽擱，在臨近海岸的時候，只剩下一大桶淡水了，那是在德西達島上補給剩下來的水，總共只有63加侖，但要供應124個人喝。日子一天天地過去了，可是總是看不到陸地的影子。淡水越來越匱乏，海盜們只能每人每天喝一口水了，

他們渴得都快發瘋了，甚至喝海水或是自己的尿液。有一部分水手得了赤痢和熱病死去了，活著的那些人也都奄奄一息了。

天無絕人之路，在淡水全部用完的第二天，他們的探測器奇蹟般地探出了海底出現斜坡，這表明附近就有陸地。船上的人備受鼓舞，一個個喜極而泣。在他們起航不久，主桅頂上的瞭望員就看到了陸地。於是他們放出小艇，在傍晚時分從南美洲北部海岸蘇里南的馬羅尼河中取來了淡水。

來到加勒比海之後，羅伯茲又帶領海盜搶劫了大批的商船，在10月28日至31日之間，他們在多明尼加攔截、燒毀和打沉了15艘法國和英國的船隻，還有一艘裝備有42門大炮的荷蘭無執照船隻。羅伯茲的船隊甚至還登陸搶劫設有炮台的港口，他們大膽地把戰船開進了英屬聖克里斯多夫港，搶劫了一批貴重的貨物後，還冒著炮火，派人用小艇偷走了幾隻羊。羅伯茲一系列的英雄行為，使人們又把皇家海軍罵得一文不值。

羅伯茲把自己的基地設在聖盧西亞附近，他在那裡重重地打擊了從馬提尼克來的法國船隻，當地總督不得不向英屬巴巴多斯的總督請求援助。海盜們的行為十分暴戾，那些法國馬提尼克的俘虜遭到了他們野蠻的凌辱，有的幾乎被打死，有的耳朵被割了下來、有的被綁在帆桁頂端被當成了活靶子。

皇家海軍對羅伯茲的海盜部隊更是聞風喪膽，誰也不想惹這個麻煩。當英國總督命令以前護衛伍茲‧羅傑斯到新普羅維登斯去的皇家海軍衛戍艦「玫瑰」號追擊羅伯茲時，海軍艦長尖刻地回答說：「總督大人，您是無權給我下命令的。雖然我可以為國王效勞任何事情，但是我願意商量著辦。很抱歉，我不得不說，我希望您

也採取同樣的態度。」說完，他命令艦隊開向相反的方向。

　　羅伯茲為了表示對皇家海軍的輕蔑，自己設計製作了一面新的海盜艦首旗，圖案用他自己的形象，右手握劍，兩腳各踩著一個骷髏頭。在一個骷髏頭的下方寫上AMH，意即「馬提尼克人頭」，在另一個骷髏頭的下方寫上大寫字母ABH，意即「巴巴多斯人頭」。在船長室大門上方的匾上也畫上了這個圖案。

　　到1721年春天，羅伯茲使加勒比海的航運業幾乎完全中斷了。海上沒有了搶劫的目標，加勒比海對他來說也就沒有什麼價值了。他用兩艘大帆船運載著搶到的財物，準備去換成黃金，因為黃金是他們唯一的幸福泉源。羅伯茲心裡明白，總有一天會有一支強大的遠征艦隊來討伐他們的，必須見好就收。可是美洲的各個港口對羅伯茲來說太危險了，他對是否採取行動一直猶豫不決。在和水手們開會商議後，大家投票決定朝另外一條路返回非洲，在那兒處理他們搶來的東西。

　　1721年4月初，羅伯茲帶領他的船隊開始了向東去的航行。一路上十分順利，「皇家幸福」號很快就到達了塞內加爾。他們在塞內加爾做了短暫地停留，又駛向塞拉里昂。他們在塞拉里昂駐紮了6個星期，在那裡整修他們的船隻，同時還受到了當地英國自由商人的款待。他們是些非法企業家，在沿海和大多數的河流沿岸建立了自己的貿易據點。這些富商們對海盜十分友好，就像上一代馬達加斯加商人支持海盜一樣。富商當中有一個名叫約翰‧利德斯通的人，過去也當過海盜，人稱「老瘋魔」，他在海邊有一幢巨大的房子，房子大門旁邊設置了幾門大炮，當海盜船開進他的海港時，他就鳴炮以示敬意。

　　塞拉里昂這個地方環境惡劣，海盜和海盜商人非常少，皇家非洲公司在沿海一

帶，設置下一系列防守嚴密的據點。商人設法做一點買賣也微乎其微，只是派人坐著小船沿江而上，用一些銅罐、白錫綴的平盤、舊式火槍、英國杜松子酒去換取奴隸、象牙和染料木材，然後再拿這些東西與英國商船做交易，這些英國商船是勇於和皇家非洲公司抗衡的。

羅伯茲從這些商人的口中得知，在海邊停泊著兩艘英國軍艦，一艘是芒戈·赫德曼船長帶領的「韋默思」號，另一艘是由查洛納·奧格爾船長帶領的「燕子」號。這兩艘巨型軍艦各自裝備了60門大炮，是海軍部在皇家非洲公司的一再請求下，派來保衛皇家非洲公司的。在一個月前，這兩艘軍艦就離開塞拉里昂巡邏去了，他們計畫在耶誕節之前回來。海軍軍艦的出現，並沒有引起海盜們高度的重視，為日後的災難埋下了伏筆。

1721年8月底，羅伯茲起航離開塞拉里昂，向東駛去。他們一路上燒殺搶掠，在利比利亞的塞斯托斯附近，截獲了皇家非洲公司的巡洋艦「翁斯洛」號，羅伯茲將其改裝成自己最後一艘「皇家幸福」號，並把這艘船上的大炮從26門增加到40門。海盜們最後來到了疾病叢生、潮濕炎熱的卡拉巴爾河，在這裡維修船隻。羅伯茲想在當地做點生意，結果被當地的部落斷然回絕了，於是雙方發生了激烈的戰鬥。戰鬥失利後，羅伯茲只得率領船隊繼續向南走了400海浬，繞過洛佩斯角，又重新往西行進。

耶誕節不知不覺就來到了，羅伯茲估計，過了這麼長時間，回程的路一定是安全的。因為按照慣例，海軍戰艦如果按照他們的時間表行動的話，現在應該已經回到塞拉里昂了，船隊正好可以趁著海軍戰艦回到塞拉里昂這個空檔安全行駛了。可

第二章　懾人心魄的海盜故事

是海軍戰艦偏偏就沒有回到塞拉里昂，他們在王子島耽擱了下來，當時海軍水手們在那兒染上瘧疾和性病，死了100人。身爲整個巡邏艦隊司令的奧格爾船長認爲，帶著這樣一支傷兵滿營的隊伍，是無法按照原定計畫回到塞拉里昂的。於是就臨時把他們的目的地訂在了海岸堡角，以便在那兒強徵一部分商船船員入伍，來代替那些死去的水兵。羅伯茲做夢也沒有想到，自己胸有成竹地認爲船隊可以萬無一失地返回目的地時，卻命中註定地與奧格爾船長的艦隊不期而遇了。

1722年1月11日，這天正好是星期四，羅伯茲的船隊駛進沿海最大的販奴港口懷達。羅伯茲一點也沒有意識到他們現在的處境是多麼的危險，仍然像往常一樣對懷達港進行了搶劫。這時，接到救援信號的海軍艦隊正全速向這裡開進，而此時的羅伯茲卻渾然不知。他正在港口作威作福，在他的帶領下，海盜們不費一槍一彈就扣押了停泊在那裡的所有販奴船。羅伯茲驕傲地向所有被俘獲的船隻開出了條件，要求每艘船繳納8磅金粉（約值500英鎊）做爲贖金。其中有一個船長拒絕了這個無理的要求，海盜們惱羞成怒，將這艘船連同船上被綁在一起的80名奴隸，全都放火燒掉了。一時間烈焰飛騰，奴隸們有的爲了避開大火跳到海裡成了鯊魚的美食，有的在一陣陣慘叫聲中活活地被火焰吞沒，只有極少數人逃到了別的船上。

一直到1月13日，這群殺人不眨眼的海盜才獲得海軍將要攻擊他們的消息。這些消息是從他們截獲的海岸堡角發給在懷特的皇家非洲公司一名代理商的信件中得知的，信中提醒代理商，海盜正向他所在的方向行進，不過國王陛下的「燕子」號也尾隨在海盜的後面。羅伯茲聽到這一消息後，立刻率領船隊返回了大海上。在懷特以南非洲的沿海，到處都是迂迴曲折的環礁湖和沼澤地，那裡連個落腳處都沒有。羅伯茲命令水手們升起船上的大橫帆，逕直向偏僻的安諾本小島開去。由於風向不

對，他們沒能到達安諾本，而是來到了洛佩斯角。這絕對是一次災難性的靠岸。

海軍艦隊的「燕子」號和「韋默思」號在過去六個月裡一直在西非沿海來回巡邏，每次都是一無所獲。這次巡邏回來後，就接到報告說羅伯茲在此搶劫後剛剛離去。「燕子」號船長奧格爾是在羅伯茲離開懷達兩天後到達的，他下令開足馬力，全力以赴進行追趕。1722年2月5日黎明，奧格爾在那些佈滿了珊瑚島和沼澤地的地方尋找洛佩斯角的入口道時，突然聽到了一聲炮響。艦隊循著聲音駛去，意外地發現了羅伯茲的小艦隊，「皇家幸福」號、「大漫遊者」號和「小漫遊者」號正停靠在洛佩斯角的正下方。

羅伯茲在「皇家幸福」號上看見了有船向這邊開過來，錯誤地把「燕子」號看成了是一艘大型的商船，面對到嘴的肥肉怎能放過。他隨即命令詹姆斯·斯基爾姆船長率領的「大漫遊者」號去追擊這個十拿九穩的犧牲品，在羅伯茲看來，這一次不過是手到擒來的例行公事而已，一排炮過後那艘船立刻就會乖乖地投降。

奧格爾這時卻耍了一個花招，他做出一副畏懼的樣子，命令「燕子」號調過頭來開走。「大漫遊者」號上的海盜們看到後十分興奮，他們吶喊著緊跟在後。奧格爾把船開進了公海，順著風向一直朝前開去，並且始終和海盜船保持著一定的距離。

上午10點半，洛佩斯角已經遠離了人們的視線，奧格爾船長估計那邊的船隻不會聽得見這邊的炮聲，就停止了航行，擺出了作戰的姿態。他們靜靜地等待著那艘掛滿了包括海盜骷髏旗在內的各種彩旗的「大漫遊者」號逐漸靠近他們的射程之內。

斯基爾姆船長看到前面的船停了下來，就命令炮手放了一排船首炮，用以威脅「燕子」號，命令它束手就擒。這個海盜船長一邊用彎刀拍打偷懶的人，一邊命令手下人各就各位準備戰鬥。

半個小時之後，「大漫遊者」號進入了「燕子」號步槍的射程之內。直到這時，斯基爾姆才驚恐地發覺他和他的司令犯了一個致命的錯誤。原來他苦苦追趕的竟是一艘裝備精良的海軍戰艦，正在海盜們驚愕之際，只見那艘海軍戰艦迅速而準確地調過右舷，用底層大炮對準了，鋪天蓋地般發出了毀滅性的一排炮彈。

海盜們當時都被打愣了，他們驚慌失措，一會兒把船上的海盜旗降下來，不一會兒又升起來。最後他們決定，寧可戰死也不投降。於是，他們向「燕子」號回敬了一排側舷炮後，全都站在船尾樓甲板上，狂亂地揮舞著手中的彎刀，做出一副必勝的姿態。可是這些在海軍官兵的眼裡，他們不過是一群垂死掙扎的螞蟻，根本無法與自己抗衡。

奧格爾手下的官兵由於聽說這艘海盜船上裝有大量的財寶，所以鬥志十分旺盛，他們對海盜不遺餘力地發射毀滅性的炮火。「大漫遊者」號的主桅杆被炸斷了，倒在甲板上被摔得粉碎。這兩艘戰船頂著炎炎的烈日，在大西洋的驚濤駭浪中相互猛烈地扭打在一起，整整一個小時過去了，海盜們還是負隅頑抗，不肯投降。斯基爾姆的一條腿被炮彈炸飛了，鮮血流在甲板上，痛得他幾乎要發瘋了，仍然劍不離手，繼續指揮著戰鬥。他不時地吆喝手下的人搶登海軍軍艦，準備進行一場接舷站。可是對方的炮火實在是太猛烈了，戰船根本無法靠近。

到了下午3點時，「大漫遊者」號遭到了重創，再也無法繼續戰鬥，只能坐以待

斃了。海盜們付出了慘痛的代價，死了10人，20人受傷，其中16人重傷，大部分人都離開了自己的崗位。斯基爾姆被迫降旗投降，爲了毀滅物證，他命令手下把海盜旗扔進了大海。有一些海盜不願意當俘虜的，有6、7個人跑到底艙的火藥庫裡，其中有個叫約翰·莫里斯的傢伙，向一個火藥桶開了一槍，想藉此同歸於盡。所幸桶裡火藥不多，只是引起一次小小的爆炸。莫里斯引火焚身，丟掉了性命，其他的人有的背部被火焰燒傷、有的臉部皮膚被燒焦、有的只是衣服著了火。

毫髮未損的海軍官兵在「大漫遊者」號上找到了100個愁眉不展的海盜，其中包括59個英國人、18個法國人以及23個非洲奴隸，他們大部分人都受了傷。讓這些海軍士兵大失所望的是船上除了那些在血泊中苦苦掙扎的海盜外，根本沒有他們夢寐以求的金子。「燕子」號上的外科醫生約翰·阿特金斯盡了一切力量來護理這些受傷的海盜，還把有關這些海盜被俘虜和審訊的大部分資料提供給了笛福。

阿特金斯在護理那些被火藥炸傷臉部的海盜的過程中，認識了水手長威廉·梅因和一個名叫羅傑·鮑爾的海員。

當這個外科醫生看到掛在梅因腰上的銀哨子後，就對他說：「我猜你一定是這艘船上的水手長。」

「抱歉，你猜錯了！」梅因回答說，「我是『皇家幸福』號的水手長，羅伯茲船長是我們的司令。」

「可是水手長先生，這樣你會被絞死的。」阿特金斯壓低聲音對他說。

「這有什麼！」這位海盜蠻不在乎地說，「那就悉聽尊便好了。」

阿特金斯又問他火藥是怎麼著火的。

「老天爺作證，他們一個個都著了魔，當時我正在船艙的走廊上，被爆炸的氣流一下子拋到了海裡，把我一頂挺好的帽子也給弄丟了。」

「我的朋友，丟一頂帽子有什麼了不起，至少你還保住了一條小命。」

梅因此時已被海軍水手脫去了鞋和襪子，他低著頭喃喃地說：「的確沒什麼了不起，即使留下來，也會被人給搶去的。」他不住地說要回到「皇家幸福」號上去，當外科醫生嚴肅地說：「絕對可以。」時，梅因看了看自己的身體，苦笑著說：「我的天啊！這不成了真的一絲不掛了嗎？」

奧格爾船長叫人將「大漫遊者」號稍加修理好後，載著受傷的俘虜在海軍的監護下開往太子島。他帶著剩下的俘虜，乘坐著「燕子」號開回洛佩斯角，去對付羅伯茲船隊的另外兩艘戰船。奧格爾手下人的士氣一直很高，在這次遭遇戰中竟無一傷亡。

2月10日的早晨，巴薩羅繆‧羅伯茲正在「皇家幸福」號上寬敞的船長室中享用他最愛吃的上面淋沙拉的肉蛋拼盤時，手下的人報告說，發現有一艘陌生的船向他們開來。羅伯茲根本沒放在心上，就連斯基爾姆去追擊那艘陌生的船已經五天了，他也不怎麼擔心。羅伯茲繼續吃著他的早餐，水手們由於前天晚上飲酒過多，一個個都在甲板上，打盹的打盹，睡覺的睡覺。有幾個睡眼惺忪的海盜看見來船掛的是法國旗，便議論了起來。當船更接近時，一個從前在「燕子」號上服役過的水手認出了這艘船。「這是『燕子』號！」他喊了起來。羅伯茲正在用餐巾擦拭著自己的

嘴，聽到喊叫聲驚訝得把餐巾掉在了地上。

此時再也不顧什麼紳士派頭了，羅伯茲像一陣風似地來到甲板上。他手下的那些水手，腦袋還昏昏沉沉的，一個個懶洋洋地打不起精神。羅伯茲立刻下令停靠在旁邊的「小漫遊者」號上的人全部到「皇家幸福」號上來。上午10點半，他鎮定地命令所有的人準備好武器，各就各位。他向那位在「燕子」號上服過役的水兵詢問對方的戰艦是藉助什麼航行的，這個人告訴他說，來船是靠風力航行的。羅伯茲認為要想遠遠地躲開它，最聰明的辦法是走上風，於是他命令滿帆前進。他心裡盤算，如果走得夠快的話，就能搶先一步登上陸地，躲進森林裡；如果不能成功，他就登上戰艦，和敵人同歸於盡。過了不久，他突然改變了主意，鑽到下面的底艙，換上自己那件腥紅色的馬甲和馬褲，戴上用紅色大羽毛裝飾的帽子，脖子上還掛上了那條帶有十字架的金項鍊。他手持寶劍，背上那條絲綢做的掛著兩對手槍的武裝帶，返回到船尾樓的甲板上。他命令舵手改變航向，出人意料地調過頭直衝「燕子」號開了過去。有人說，他這麼做是爲了對海軍軍艦進行火力偵查。可是事與願違，他早早地踏上了不歸路。

上午11點整，兩艘戰船彼此都進入了對方的射程之內。爲了佔據有利的位置，羅伯茲跳到一個炮架上進行觀察。海軍向這邊開出舷排炮，將「皇家幸福」號後桅的主桅頂杆炸斷，轟的一聲掉了下來。海盜船也幾乎同時做了還擊，當聲音平靜下來，硝煙散盡之後，海盜們發現他們的船長已經掉下來，倒在一座炮的滑車繩索上。舵手急忙跑了過去，他發現羅伯茲的咽喉被炸彈炸開了。這個殺人不眨眼的硬漢，當他看到船長犧牲時，忍不住放聲大哭起來。

「出師未捷身先死，常使英雄淚滿襟」，就這樣，膽大無比、威名赫赫的巴薩羅繆‧羅伯茲不到40歲就死了。在羅伯茲短暫的生命裡，取得了一系列令人目眩的成就，他一共劫掠了400多艘船隻，活動範圍遍及整個大西洋。羅伯茲像一隻候鳥在廣闊的海洋上來回穿梭，在美洲沿海以及加勒比海地區搶劫所有的來往船隻。在瀰漫著硝煙和死亡的海面上，羅伯茲隨著海風和自己的意志自由地翱翔，一直到幾內亞灣，命運才使這隻黑色的海鳥折斷了翅膀。

船長陣亡了，「皇家幸福」號上的水手們都喪失了勇氣。羅伯茲獨特的領袖氣質、感人的超凡魅力、過人的才智、沉著果斷以及他敢作敢為的性格都成了水手們的精神支柱，使他們在患難時刻緊緊地團結在他的周圍。一旦沒有了他，海盜們便不知所措了。可是戰鬥仍在繼續，這時領航員哈里‧格拉斯拜挺身而出，出任指揮。格拉斯拜並不喜歡海盜這一行業，早就有投降政府的心思，再加上群龍無首，敵眾我寡，繼續抵抗根本就是死路一艘。於是他試圖說服水手們投降。一些原來在豪厄爾‧戴維斯手下幹過的頑固老海盜，他們回絕了格拉斯拜的勸說，他們幹這一行已經有四年了，身上的血債累累，誰也不會甘願束手就擒被絞死。

「皇家幸福」號由於行進緩慢，「燕子」號很快就追上了。海盜們胡亂地開了幾炮，再也無心戰鬥下去了。水手們本來就醉醺醺的，根本沒有什麼戰鬥力，大部分人都處在一種迷迷糊糊的狀態之中，他們喝的酒實在是太多了。下午1點半，彈痕累累的主桅杆倒在甲板上，海盜船再也無法繼續前進了。2點，海盜們被迫降下旗幟，向海軍投降。他們手忙腳亂地把包括證明誰是自願參加海盜的簽字證件在內的一切罪證資料都拋到大海裡，但是那面繪有羅伯茲復仇骷髏頭的海盜旗卻被遺落了下來，成了他們的罪證。海軍小分隊登上海盜船發現了這面旗幟，還從甲板底下找

到了一批黃金粉和貨物。海盜們投降以後,有一個喝得爛醉的海盜這時候才從昏迷狀態中清醒,他一眼就望見了船邊緊靠著的「燕子」號,不由得欣喜若狂,立刻跳了起來,大聲喊道:「弟兄們,搶呀!搶呀!」當他看到周圍全是海軍時,才明白自己已經成了甕中之鱉。

下午7點左右,所有的俘虜都被押上了「燕子」號,他們和原來的「大漫遊者」號上的海盜銬在一起,一共254人,其中有70個非洲人。3月中旬,「燕子」號抵達海岸堡角,海軍將俘虜們用小划船押送到一個漆黑的岩石洞裡,這裡是在城堡牆下關押奴隸的洞穴。3月28日,這些臉色蒼白,拖著疲乏的身軀,帶著鐐銬的俘虜被帶進城堡的大廳,海事法庭開始對他們進行審訊。

一走進莊嚴的法庭,這些平時叛逆成性、瀆神侮慢的海盜,一下子變得安靜而嚴肅起來。可是,真正悔悟的人很少,大部分人都用種種理由來搪塞和推脫。其中最讓法官們頭痛的是羅伯茲原來那班人馬的案子,這些人傲慢自大,自認為是海盜中的佼佼者,根本不把政府放在眼裡。他們在自己的姓名前面都冠以「勳爵」的稱號,還組成所謂的「上議院」,藉以嘲弄那些貴族。一個叫薩頓勳爵的海盜,當他聽到身邊的海盜在禱告時,不以為然地說:「你一片虔誠地嘰哩咕嚕唸唸有詞,是在求什麼名堂?」

「我希望自己死後能夠上天堂。」那個人回答說。

「天堂有那麼好嗎?傻瓜!」薩頓說,「你做了海盜,還想去天堂,簡直是妄想!我要去地獄,那裡更歡樂些。我要在地獄的入口處給羅伯茲鳴十三響禮炮。」

　　像薩頓這樣的海盜根本沒有什麼是非觀念，他們作惡多端，根本不畏懼死亡。

　　在254名俘虜中，有15人在「燕子」號駛往海岸堡角的途中死去，在審訊過程中，又有4人死在關押奴隸的山洞裡。從「大漫遊者」號上押來的被迫入夥的18名法國人被當場釋放，剩下的人都受到了額外公正的審訊。審判庭上的審判員由「韋默思」號的船長芒戈‧赫德曼，皇家非洲公司的總經理詹姆斯‧菲普斯以及該公司的其他三個成員擔任，因為他們就生活在離作案現場很近的地方，對事情的經過有一定的瞭解，而且他們能夠辨別一個人在什麼情況下才會被迫加入海盜的。每個囚犯都為自己做了無罪辯護，都聲稱自己是被迫的。但是血債就得用血來償還，那些殺人不眨眼的傢伙們必須以死來謝罪。法庭上宣判52個海盜被執行絞刑，他們都是惡貫滿盈之徒，包括受重傷但奇蹟般地活下來的斯基爾姆船長。從關押奴隸的山洞到設在城堡外的絞刑台，這是他們人生所走完的最後一段路程。他們每天分批被絞死，第一批走向絞架的是那群所謂「上議院」的成員們，他們像以往那樣趾高氣揚，只有薩頓勳爵除外，他當時得了痢疾，臉色蒼白，身體虛弱，他搖搖晃晃地夾在人群中，已經沒有力氣演出他的英雄壯舉了。阿特金斯外科醫生臨時充當了牧師，可是他從這群該死的傢伙嘴裡得不到任何懺悔的表示。「我們只是一些可憐的流浪漢，所以活該被絞死。有的人並不比我們清高，為什麼他們會活得好好的？」其中有一個對醫生說道。

　　在皇家非洲公司衛隊的押解下，這群被處死的囚犯穿過了看熱鬧的人群，每個人都竭力保持出一副視死如歸的神態。人群中有公司的職員、外地的水手和當地的非洲人。死囚犯中有一個叫賽姆普桑勳爵的海盜，在人群中一下子就認出了一個女人。他眼睛為之一亮，大聲地說道：「我和這個婊子睡過三次，這個娘兒們實在是

夠味！」還有一個叫哈迪勳爵的海盜在臨刑前還不忘調侃說：「絞刑我見多了，可是像我們這樣把雙手反綁在身後的做法，我這輩子還是第一次見到，的確很新鮮！」海盜們就是用這種漫不經心、毫不在乎的表情來掩蓋他們對死亡的恐懼。

整個行刑過程持續了兩個多星期，最後的14個死囚是在1722年4月20日被執行絞刑的。為了起到懲戒的作用，皇家非洲公司將18個海盜頭目的屍體塗上了瀝青，用鐵條綁著，在絞刑台上用鐵鏈吊起來，就像21年前英格蘭懲罰吉德船長那樣，放在三個最突出的俯視著錨地的山頂上。這些屍體很快就腐爛了，在日光的照射下變成了一具具乾屍，每當中午時分，伴隨著從海面上吹來的微風，在那裡輕微地擺來擺去。

海岸堡角審判之後，那些在紐約、牙買加和孟買等商業中心的人們都深深地鬆了一口氣。從此，海盜們的黃金時代結束了。

第三節 惡名昭彰的「黑鬍子」船長

最負盛名的海盜寶藏，莫過於英格蘭最惡名昭彰的海盜黑鬍子船長的寶藏了。
幾百年來，無數的探險者都在尋找這批寶藏的埋藏地點，而寶藏的主人也因其傳奇
的經歷成為人們津津樂道的話題。

本篇故事的主角愛德華‧蒂克，因為自己長得像柏油般漆黑的落腮鬍而被人們
稱之為「黑鬍子船長」，他所進行的搶劫和掠奪的冒險勾當在海盜世界中被公認為
是最具傳奇色彩，也是最令人感到恐怖的。愛德華‧蒂克長著一雙深陷的、充滿野
性的眼睛，力大無窮，並且食量驚人，長長的鬍子就像頭髮一樣用帶子紮成了許多
小辮，衣服上總是散發著萊姆酒、汗水和火藥混合的氣味。在每次打劫之前，黑鬍
子總是把自己寬寬的佩帶背在肩上，佩帶上裝滿了子彈和三把插在皮套中的手槍。
有時，他還在帽子下面插上兩根點燃的導火線，在耳邊茲茲地作響，使人望而生
畏。這個兇惡的海盜於1680年出生在英格蘭的港口城市布里斯托爾。後來在西班牙
爭奪王位繼承權的戰爭中，他身為見習水手跟隨英國的海盜船出海戰鬥。他們經常
遊蕩在牙買加一帶，搶劫敵國的商船。1716年，他加入了霍尼戈爾德船長的海盜隊
伍，被任命為一艘小船上的指揮官。他跟隨霍尼戈爾德在美洲海岸和西印度洋島嶼
之間搶劫了兩年，屢建戰功，成了霍尼戈爾德有力的助手。後來，他們在加勒比海
上劫掠了一艘名叫聖‧文森特的巨大的商船，在這艘船上，除了有數量眾多的奴隸
之外，還有大量的金銀和寶石。霍尼戈爾德船長欣喜若狂，為了表彰愛德華‧蒂
克，他慷慨地把這艘搶到手的幾內亞船做為酬勞送給了愛德華‧蒂克。這艘在荷蘭

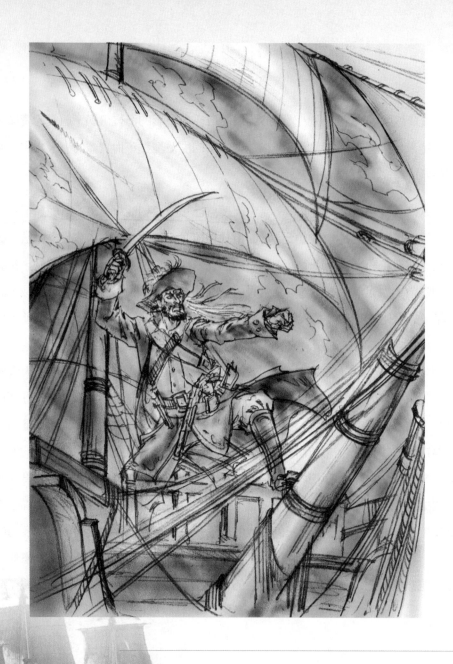

建造的法蘭西三桅帆船配備了36門火炮，被認爲是那個時代最大的戰船。黑鬍子得到它後，重新命名爲「安妮王后的復仇」，憑藉這艘性能優良、裝備先進的戰船，他開始了眞正屬於自己的海上劫掠生涯。

在愛德華·蒂克個人冒險生涯的一開始，他就遭遇了一場硬仗。他遇到了「斯卡伯勒」號，那是一艘配備了32門火炮的英格蘭戰船，「安妮王后的復仇」號和它進行了一場殊死的搏鬥。戰鬥持續了數小時，隆隆作響的火炮使雙方的船隻變成了全身著火的龐然大物，在海面上不停地顛簸搖晃。火炮不間斷地轟擊著，當炮筒射空時，炮手們立刻帶著刮刀和刷子衝上前去，把炮膛中的殘餘火藥和積灰清除掉，並熟練地裝上炸藥和炮彈。在那血與火交織的幾個小時中，不斷有人倒下，海面上硝煙瀰漫，甲板上血流成河，戰鬥空前激烈。雙方的實力旗鼓相當，在海面上各不相讓，誰都不肯後退半步。雙方的戰船都被打成了篩子，船舷牆的碎片不斷地落下來被水沖走了，還有一些炮彈擊中了桅杆。「黑鬍子船長」愛德華·蒂克赤裸著上身，背著武裝帶，揮舞著戰刀，屹立在船頭。在統帥的感召下，海盜們鬥志昂揚，「安妮王后的復仇」號逐漸佔了上風。最後，「斯卡伯勒」號實在是堅持不住了，狼狽地撤回了巴巴多斯島的基地。黑鬍子船長這一方也是精疲力竭了，根本無力再繼續追擊「斯卡伯勒」號。海盜船損失嚴重，漏水的地方和損壞的船舷必須密封和修補，所有的纜繩都要重新整理。修整了一段時間後，愛德華·蒂克帶領他手下的300人向南美方向進發了。

他們在佛吉尼亞與洪都拉斯之間的航線上，洗劫了許多艘船隻。經過了長達18個月的搶劫，大量的戰利品落入了黑鬍子船長之手。隨後，他們來到美國北卡羅來納州的一些港口城市，那裡的居民們對這些價格低廉的贓物格外感興趣，很快這些

贓物被換成了貨幣。北卡羅來納州州長查理斯·伊頓和黑鬍子沆瀣一氣，他不但為黑鬍子的海盜行為提供了最大限度的保護，甚至還成了這位海盜船長婚禮上的紅人。他明目張膽地參加了黑鬍子的第13次婚禮，新娘是一個來自北卡羅來納州巴斯附近種植園的16歲小姑娘。婚禮結束後，黑鬍子船長就帶領他的船隊在北卡羅來納州東岸和沿海島嶼之間逆流航行，在那裡重新施展海盜伎倆。沿岸所有的城鎮和種植園都被他們無情地洗劫一空，只有那些甘願繳交巨額保護費的人能夠得到倖免。當黑鬍子的單桅小帆船在奧克瑞庫克島拋錨停泊時，這位可怕的船長都會到種植園來找他年輕的妻子。見到妻子後，他就強行和她做愛，發洩完獸慾後還強迫妻子委身於他的五、六個同夥。

1718年5月，黑鬍子成功地實施了堪稱是他整個輝煌的海盜生涯中一次最大膽的突襲。他率領艦隊襲擊並攻佔了查爾斯頓港口的8艘商船，同時封鎖了城市，還扣押了幾名人質向市政府討價還價。黑鬍子要求政府用巨額的贖金和藥品來換取人質的自由，不答應的話就砍下人質的頭。黑鬍子之所以要求政府提供藥品，是因為他的隊伍中有許多人都罹患梅毒。市政府毫無辦法，最後忍氣吞聲地滿足了海盜們的所有要求。海盜們在釋放了人質並歸還了被佔領的船隻後，大搖大擺地離開查爾斯頓的港口。這次行動，不僅使海盜們獲得了大量的諸如棉花、菸草等昂貴物品，還獲得了價值約150萬英鎊的金銀財寶。

擁有了這些財富之後，黑鬍子決定解散他的艦隊，他想一個人獨吞這些戰利品。為了除掉大部分同夥，他想出了一條詭計。一天，他帶領船隊來到了一座距離大陸約有3海浬遠的小島旁，故意讓「安妮女王的復仇」號和另外兩艘船擱淺，當水手們下水進行檢查和修理時，他帶著40名水手乘著他的旗艦護衛艦「冒險」號迅速

逃離了這裡。如果不是英格蘭少校博奈特在兩天後發現了這些被拋棄的海盜，這些倒楣的傢伙將必死無疑。

過了些時候，黑鬍子趕上了大赦令頒佈，狡猾的他帶領著部下向國王投降並請求寬恕，當然這只是表面現象而已。他還和州長查理斯‧伊頓達成了一項秘密協定，黑鬍子讓州長分享他搶來的所有戰利品，前提是州長必須保證他和手下人的安全。在黑鬍子的威逼利誘下，見錢眼開的州長成了他喪盡天良的盟友。為了獲得最大的利益，州長還送給了他一艘西班牙船，而這艘船正是蒂克以前搶來送給這個貪得無厭的州長的。

在查理斯‧伊頓的支持下，愛德華‧蒂克的襲擊和搶劫活動變得越來越肆無忌憚，不堪忍受的商人、種植園園主和船主們忍無可忍，決定採取報復行動。他們向弗吉尼亞州州長亞歷山大‧施普茨伍德求助，因為這個州長是海盜活動的堅決反對者。經過協商，亞歷山大‧施普茨伍德發佈了一項公告來鼓勵居民們支持官方逮捕這些海盜。公告中指出：「在1718年11月14日至1719年11月14日期間，在佛吉尼亞省和北卡羅來納州的轄區內抓獲海盜的人，都將得到獎勵。抓到愛德華‧蒂克的人獎勵100英鎊；抓到其他的海盜船長獎勵40英鎊；抓到一個少尉、水手頭頭、後勤部長和木匠獎勵20英鎊；抓到一個下級軍官獎勵15英鎊；抓到在海盜船上工作的普通水手獎勵10英鎊。」除此之外，州長施普茨伍德還向詹姆士河邊的英格蘭海軍基地尋求幫助。1718年11月17日，皇家海軍派遣了兩艘總共裝載了60多名水手和大量火器的戰船，開始對黑鬍子船隊進行毀滅性的打擊。

海軍中尉羅伯特‧梅納德是這次行動的指揮官，11月21日傍晚，他在奧克瑞庫

克島附近桑德・帕姆利科灣的「冒險」號上發現了黑鬍子船長的行蹤。當時那艘19人的海盜船正停泊在北卡羅來納海岸的一處被淺灘和沙壩所保護的隱蔽處，梅納德中尉並沒有在夜裡貿然採取行動，而是想等到第二天拂曉時藉助漲潮來進攻海盜。黑鬍子船長在北卡羅來納州州長的秘書那裡得知自己將要被襲擊的消息，他們先在岸上痛飲一番，然後他讓手下返回「冒險」號，為了防止可能遭到的襲擊，這艘配備了9門火炮的海盜船做了充分的戰鬥準備。

　　11月22日凌晨，中尉羅伯特・梅納德指揮兩艘英格蘭單桅帆船「簡」和「騎兵」號慢慢地接近了海盜船，海盜船的桅杆頂上懸掛著愛德華・蒂克的旗幟，那黑色背景上印有一顆紅心的白色骷髏頭顯得異常猙獰可怕，彷彿是在向侵犯者挑釁。海軍艦隊在奧克瑞庫克海峽的航道上小心翼翼地繞行，領港員坐在一艘船載小艇的後面，用測深錘測量水的深度。

　　經過了好長時間，海軍的船隻才行駛到了可以擊中「冒險」號的地方。正當海軍準備作戰的時候，海盜們出人意料地砍斷了錨纜，「冒險」號順水漂到了一艘水溝裡，那裡遍佈著眾多看不見的、潛伏著危險的沙壩。海軍的戰船只好再次向前靠近，可是一不小心卻陷入了沙地中，想重新接近「冒險」號必須等待再一次漲潮。這時，「冒險」號抓住有利的戰機，突然向「騎兵」號的船舷開炮攻擊。海盜船的炮彈炸飛了整個「騎兵」號的船舷，擊中了船頭和船尾，撕裂了船艙板，主甲板上所有的設施蕩然無存。戰船上到處燃起了熊熊烈火，許多英格蘭水手當場陣亡。

　　梅納德中尉此時正站在「簡」號的船尾欄杆旁觀察戰況，他透過濃濃的煙霧向船右舷望去，發現海盜船上有一個高大的男人在指揮著戰鬥，他長著一頭黑髮，一

臉黑鬍子，毋庸置疑這個人就是黑鬍子船長。黑鬍子船長也發現了梅納德中尉，他毫不畏懼地盯著梅納德中尉的眼睛，並命令舵手加快速度朝著「簡」號直直地撞了過來。

突然，「冒險」號遇到了猛烈的撞擊，像是被魔鬼之手攔住了一樣。巨大的慣性將海盜們拋到了甲板的船艙板上，原來他們的船觸礁了。「見鬼，我們被困在沙壩上了！」黑鬍子氣急敗壞地咆哮道。他隨即命令手下把沒用的重物統統拋下船去，以此來減輕船的重量。可是，他們把裝飲用水的水桶都丟掉了，「冒險」號還是不能航行。戰鬥不可避免地發生了，他們才不想被英格蘭軍隊抓住並關進監獄。

海盜們手忙腳亂地拿起火槍和手槍，連連瞄準射擊，在火炮重新安裝到位之前，他們擊中了大約20名海軍士兵。黑鬍子船長更是殺得興起，他手拿點燃的導火線靠近火炮的導火管，陰沉著臉大聲喊道：「你們這群難纏的傢伙，統統見鬼去吧！」小火花吱吱作響，沿著導火線向後蔓延，接著，後鏜炮在炮架上猛然一撞，炮筒口閃出一條拖著黑色油膩和煙霧的暗色火舌，一顆致命的炮彈飛向了英格蘭戰船。

海盜船上後鏜炮不停地射擊，一發發炮彈如疾風般地穿過「簡」號的舳板，船欄杆或爆裂或落到甲板上，木頭的碎屑在空氣中飛散。船上煙霧瀰漫，船上的人被刺激得雙眼流淚，不住地咳嗽。

海軍艦船上雖然沒有大口徑的火炮，但英格蘭士兵還是用步槍打掉了「冒險」號的前桅帆。兩艘船一公尺一公尺地逐漸靠近，直到突然接觸，船舷碰在一起。這時，海盜們抓起「瓶子炸彈」投向海軍的戰船。這些由火藥、鉛塊和鐵塊組合而成

的「手榴彈」威力驚人，雷鳴般的爆炸聲和耀眼的閃光炸開了「簡」的船艙板，炸破了整個舷欄杆。彈片四處飛濺，許多人都被炸得彈了起來，到處都燃起了熊熊的火光。愛德華‧蒂克自認爲這時船上所有的英格蘭人都被炮彈和「手榴彈」炸死了。可是令他沒有想到的是，那個足智多謀的海軍中尉早就命令手下大部分士兵藏在船艙下面，躲過了襲擊。當黑鬍子帶領海盜們呼嘯著躍過「簡」號的防禦護圍欄，來到這艘被煙霧包裹著的戰船時，英格蘭士兵突然從他們隱藏的地方衝了出來。一場激烈的肉搏戰就這樣開始了，在這場決定性的戰鬥中，皇家海軍的士兵們一點一點地佔了上風。黑鬍子船長身上中了5槍，同時還有20處刀傷，他咬著牙衝向了梅納德中尉，揮出致命的一擊，梅納德中尉驚愕地看了看胸口插著的短劍，一頭栽在地上。這時，一個來自於高地的蘇格蘭水手，用他的寬刀砍向了黑鬍子，黑鬍子的脖子上挨了一刀。蒂克對這個水手說：「來得正是時候，小伙子！」那個蘇格蘭人答道：「還有更好的等著你呢！」說完，又揮出了第二刀，這是致命的一刀，黑鬍子的腦袋從身體上落了下來。

第四節 海盜之「圖」

1692年，武裝民船船長湯瑪斯·圖和一群百慕達的商人和官員合作，決定駕駛一艘70噸的「友誼」號快帆船進行先驅性的遠航。1692年12月，湯瑪斯·圖招募了60名志趣相投的水手，並在百慕達總督伊薩克·里奇埃那裡買到了一張武裝民船的委任狀，總督授權他可以襲擊非洲西海岸上的法國貿易驛站。當時英國正在和法國交戰，有了這張委任狀他就可以名正言順地去打劫敵方的船隻，萬一被本國的軍艦抓獲，他還可以憑這張委任狀為自己辯解，就說他所搶劫的是國王的敵人，這個理由是絕對可以被接受的，甚至還會得到表揚。

有了這份搶劫許可證撐腰，湯瑪斯·圖就率領「友誼」號橫渡大西洋，直奔東方。在海上船航行數日後，他把船員召集在一起，宣佈了他的計畫。他建議採取一次大膽的行動，到東方去發一筆橫財，襲擊那個法國的前哨站根本撈不到大的油水。湯瑪斯·圖還憑藉著他的三寸不爛之舌，對手下的水手進行了耐心地說服，他對部下們說：「你們應該把思想集中到怎麼才能改善自己的生活境況上來，如果同意的話，我可以帶你們走一條能使後半生得到安逸和富裕的航程。事成之後，你們可以各自回家，這樣不僅沒有什麼危險，反而會獲得聲譽。」在他的鼓動下，船員們群情激昂，大夥齊聲高呼：「不管是福還是禍，我們全聽你的！」於是，湯瑪斯·圖就按照事先的計畫繞過非洲的好望角，直奔印度洋和紅海。

在後來的幾個月中，他們只遇到一個真正的搶劫目標，不過這一個目標已經足夠了。這是一艘屬於印度莫臥兒大帝的船隻，船上有300名印度士兵，當時正行駛在

由印度到紅海上的阿拉伯各港口去的航線上。當湯瑪斯·圖帶領著海盜們手持滑膛槍，揮舞著大刀登上這艘船時，那些膽小的印度士兵基本上沒做什麼抵抗。海盜們不費一槍一彈就佔領了這艘巨大的商船，一切都超乎他們所料，這簡直是太容易，以致於他們都不敢相信這是真的。他們欣喜若狂地洗劫了這艘商船，搜得的財物正好滿足了他們的野心和夢想。

湯瑪斯·圖指揮海盜們把搶來的東西搬上「友誼」號快帆船後，就立刻向南進發。他們在馬達加斯加沿海一個小島聖·瑪麗島上駐紮了下來。在島上，他們召開了分贓會議，按照事先講好的規矩，他們把搶到的所有財物都做了劃分，每人一份，船長雙份，擔負重要職務的頭目們，如舵手、船上的外科醫生等各得一份半。湯瑪斯·圖在聖·瑪麗島上還把他的「友誼」號帆船修了修。1693年12月，他們踏上了回鄉之旅。

1694年4月，當湯瑪斯·圖船長乘著裝備有8門大炮的「友誼」號船駛進他的家鄉新港碼頭時，這個海邊小鎮的居民一下子歡騰起來。在此之前，湯瑪斯·圖還是個默默無聞的人，現在衣錦還鄉，突然成了眾人關注的焦點。那些住在山頂上漂亮木結構住宅裡的當地顯貴們把他捧為名流，碼頭附近的生意人爭先恐後地為那些大把撒錢的船員們供應美酒和女人。

湯瑪斯·圖在家鄉逗留了一段時期後，就帶著家眷啟程去了紐約。英國總督本傑明·弗萊徹上校認為他是一位非常有趣的人，很喜歡聽他講故事，所以，就和湯瑪斯·圖結為好朋友。每當湯瑪斯·圖的夫人和他的兩個女兒出席總督官邸的豪華宴會時，她們就穿著東方華麗的絲綢服裝，佩戴著耀眼的寶石，成了社交場合最耀

眼的明星。儘管是初來乍到，但他們很快就成了殖民貴族當中的顯赫成員。

　　湯瑪斯‧圖船長在紐約應酬了一段時間後，便回到了新港，著手準備「友誼」號再次遠航。當消息傳出時，奴僕們紛紛離開了自己的主人，兒子辭別雙親，從四面八方趕來投奔他，希望成為船上的一員。有幾個富家子弟也偷偷地登上「友誼」號，他們抱著一夜成名的夢想，加入了強盜的同夥。那些傳教士們站在講壇上聲嘶力竭地進行勸阻，可是他們嘴裡發出的所謂的鞭笞和地獄火海的威脅，根本無法抵禦金子的誘惑，再說，那些報應都是來生的事，誰會管那麼多。傳教士的忿怒並沒有減弱人們的巨大熱情，每個人都被金錢沖昏了頭。當「友誼」號沿著阿拉伯和印度海岸闖蕩了2萬2千海浬後回到新港時，它帶來了價值10萬英鎊的黃金和白銀，還有一位國王用來贖身的香料和象牙、閃閃發光的珠寶、光華美麗的綢緞更是數不勝數。每個船員都成了富翁，分到的財物價值1200英鎊。難怪新港地區的每一個年輕人，都渴望參加第二次海盜航行。

　　1694年11月，湯瑪斯‧圖開始了第二次航行，但這次卻沒有上次那樣幸運。他和上次一樣，花了300英鎊從貪污腐化的紐約總督弗萊徹那裡弄到一張武裝民船委任狀，弗萊徹能從中撈一筆也樂得辦這件事。湯瑪斯‧圖拿到委任狀後，立刻起航去紅海。1695年9月，他指揮「友誼」號船員準備襲擊一艘印度商船時，一顆子彈打中了他的肚子，他手裡捧著自己的腸子過了一會兒才死去。

　　當湯瑪斯‧圖的死訊飄過大洋傳來時，並沒有引起已做好出航準備的海盜船員們的絲毫猶豫，那些航行在西印度群島一帶滿載著五光十色的紡織品、象牙、香料和寶石而又缺乏抵抗力的船隊，對他們的吸引力實在是太大了。

第五節 大名鼎鼎的航海家變成了海盜

威廉‧吉德曾經是一名優秀的船長和航海家，是海軍英雄和英國威廉三世國王「最寵愛」的心腹，是紐約著名的商人和財主，還是一位忠誠的丈夫和兩個孩子的慈父，可是現在卻變成了一個階下囚，成了惡名昭彰的海盜頭子和殺人不眨眼的魔王。他被執行死刑的前一天下午，那個假裝虔誠、惹人討厭的懺悔牧師保羅‧洛倫來到這裡。他裝腔作勢地攤開手裡的《聖經》，用富有磁性和煽動力的聲音向一臉蒼白的吉德講起了來世如何得以超脫的道理。「看在上帝的份上，你還是懺悔你的罪行吧！這樣你就可以重新回到天國。」保羅‧洛倫的小眼睛緊緊地盯著吉德的嘴唇，希望從那裡擠出一絲懺悔。保羅‧洛倫牧師想從他所看管的死刑犯那裡榨取懺悔並不太難，面對著即將臨頭的死刑，犯人們會有許多話需要傾訴。牧師常常從這些死刑犯的口中得到許多懺悔的話，並根據這些引人入勝的情節編寫一些說教式的小冊子，拿到倫敦的咖啡館中四處兜售。可是這一次卻讓這個胸有成竹的牧師出乎意料，儘管他說得口乾舌燥也無法得到半點回應，彷彿自己面對的是一尊大理石雕像。

「這是個頑固的人，我認為他很不願意懺悔自己所犯的罪行。」洛倫一邊抱怨，一邊走出了牢房。

兩鬢斑白的吉德一直都不肯承認他是有罪的，可是那個難纏的牧師也不會輕易放過這種挑戰。在臨刑的那天，牧師早早地來到了吉德的牢房，他請人把吉德帶進監獄的一個小教堂裡，親自對他做了特別的規勸。無論是用天堂美好的境界來誘

惑，還是用地獄邪惡的烈火來威脅，吉德船長鐵石般的心腸都無法被軟化，這位可憐的牧師最後的希望也落空了。下午3點鐘，吉德離開了小教堂，在經過各個牢房走向刑場的路上，一些好心的人偷偷地塞給了他大量的烈酒。當吉德從新門監獄的

大拱門走出來的時候，已經喝得酩酊大醉了，他根本聽不進去圍觀人群對他的吼叫和謾罵。

　　一輛敞篷四輪馬車走在威風凜凜的儀仗行列的最前面，車上坐著海軍副元帥，一身筆挺的制服，肩上扛著一把象徵海軍權威和力量的銀質船槳。在他的後面坐著奇克元帥，他頭戴假髮，臉上撲著粉，就像一個母妖精。他負責安排這次行刑並處理死者屍體。後面是一輛掛著黑布的死囚車，裡面關著吉德和他的同伴達比‧馬林斯以及另一名和他們的案子無關的海盜。隊伍兩旁是一列荷槍實彈的士兵，他們負責維持秩序並防止有人來劫法場。整個隊伍在倫敦群眾的呼聲中緩慢地向前移動，馬蹄拍打在錫伯塞得的鵝卵石路面上發出清脆的響聲，這種莊嚴壯觀的行刑活動，原本是要向公民們灌輸尊重法律的意識。可是在倫敦，人們卻把它當成了盛大的節日。龐大而喧鬧的人群尾隨著隊伍湧向刑場，在那裡舉行了各式各樣的狂歡活動。一些下等妓女和潑婦也緊跟在行刑隊伍的後面，不知羞恥地大聲尖叫著，乞討阿拉伯金首飾和珠寶以及金幣。

　　通常海盜們在赴刑場的路上，會把藏在身上的少數珍寶扔向人群。人群中不斷響起人們專門為此事而編寫的敘事歌謠——《吉德船長告別大海》。

　　我是吉德船長，航行在蔚藍的大海上；
　　我殺人如麻，從不畏懼上帝的懲罰。
　　我在海洋上快樂地航行，
　　從這個海峽遊蕩到那個海峽；
　　每當我發現獵物的時候，

就會把它們全部擊沉或者燒毀。

當我航行的時候，

威廉‧莫爾也臣服在我的刀下；

我折斷了他的戰旗，

棄他於血泊之中。

我在離海岸不遠的地方自由馳騁，

這裡就是我的王國。

永別了，老少朋友、勇敢的水手和一切快樂，

歡迎你們來分取我的金銀財寶，因為我要死了，我要死了。

永別了，盧農小鎮，這裡到處都是多情的姑娘，

我得不到寬恕，我將離去。

永別了，塵世的一切，

我將離去，不再回來。

在那烈焰飛騰的地獄，

我將長眠，我將長眠。

　　隊伍大約行進了兩個小時，才到達位於泰晤士河泥濘河灘上的瓦濱刑場。烈日下的絞刑架直挺挺地豎立在河灘泥濘地上，旁邊站著保羅‧洛倫牧師。他先行一步來到了這裡，履行他最後的職責。他從來沒有放棄從吉德口中撬出哪怕是隻言片語的悔恨，可是當他把眼光投向吉德時，他徹底打消了自己的念頭。原來他的對手已經喝得神志失常了，到死也不可能會清醒地向萬能的主敞開心扉了。這位倔強的船長到死也沒有懺悔他的罪行，也沒有要求別人的寬恕。可是他對妻子和孩子卻表達了自己極大的悲痛，想起自己將永遠離去，不禁失聲痛哭。員警把吉德推向絞刑

架，劊子手俐落地把絞索套在他的脖子上。死亡的時刻就要來臨了，那些圍觀者人聲嘈雜，情緒興奮。洛倫牧師在唱完懺悔詩後，還做了簡短的禱告，無非是希望主原諒這個頑固不化的醉鬼。他裝模作樣地表演完畢，劊子手立刻拉動絞索，伴隨著一陣驚呼，威廉‧吉德被吊了起來。

可憐的吉德船長，在他生命結束的最後時刻，厄運也沒有放過他。就在他剛剛被吊上絞架的時候，絞繩突然斷了，他一頭栽進了泥塘裡。員警走上前把滿身泥垢、摔得暈頭轉向的吉德重新拖上一架梯子，劊子手急忙換了一條繩索套在他的脖子上。這時，那個不知疲倦的牧師趕緊抓住這個機會，跟在吉德後面爬上梯子，就在這個搖搖晃晃的地方，洛倫再次懇求這位可憐的老水手懺悔他的罪孽。這位老練的水手到死都不知道自己身在何處，更不知道發生了什麼事情，他氣喘吁吁地說了幾句含糊不清的話，牧師這才滿意地從梯子上爬下來。接著，劊子手猛然抽掉梯子，一場判決總算執行完畢了。

威名赫赫的吉德船長就這樣死去了，人們都說他是一個兇殘的海上強盜，落得這個下場是罪有應得。可是任何人都不會毫無理由地去承擔惡名的，在那個時代裡，沒有哪一個水手是真正清白的。吉德的案件之所以能夠轟動一時，並不是因為他罪大惡極，而是因為這是一樁政治陰謀，是大英王國最高層的幾個貴族在最後時刻出賣了他。

關於威廉‧吉德45歲以前的情況，很少有人知道。他是蘇格蘭人，1645年出生在格里諾克。他還在很小的時候，就已經跟隨船隊出海航行了，20幾歲時移居美洲。到了17世紀90年代初期，他已經成了紐約的富人了。他擁有自己的商船，還擔

任武裝民船的船長。他在1689年開始為國王服役，在西印度群島與法國人的戰鬥中，戰功卓著。回國後，他娶了已經做了兩次寡婦的英國女人薩拉‧烏爾特為妻。透過這次婚姻，吉德獲得了紐約大量的房產。在短短的幾年中，吉德不但變得富有，而且深受人們的尊敬。他過著有信仰的生活，在華爾街三聖主教派教堂裡有自己的專座。同時他對政治也十分感興趣，頻繁往來於上流社會，並且自認為是紐約總督本傑明‧弗萊徹上校的親信。

到了17世紀90年代中期，東方海洋已經成了海盜船的天下，莫臥兒帝國的船運費日益上漲，東印度公司的經營也是每況愈下。當地一些土著首領紛紛譴責東印度公司辦事不力，並對和海盜有勾結的紐約總督弗萊徹深表不滿。1695年，英國國王免去了弗萊徹的職務，任命克盡職守的愛爾蘭貴族貝洛蒙伯爵出任紐約和新英格蘭兩地的總督，並命令他平定紐澤西到緬因一帶美洲沿海的海盜。英政府也想派兵去圍剿東方的海盜，可是當時英國和法國正在打仗，根本抽不出多餘的兵力。就在這個時候，吉德船長脫穎而出了。

1695年夏天，吉德從紐約駕駛他的「安德哥阿」號快船來到了倫敦。在一個偶然的機會，他結識了羅伯德‧利文斯頓上校，上校向他介紹了一個既可以消滅紅海上的海盜，又可從中漁利的計畫。當吉德問到如何籌備資金時，利文斯頓說他打算吸引一些名人進行投資，用繳獲的海盜贓物來償還本金和利息。利文斯頓認為吉德是這種冒險行動的理想人選，因為他不僅是一位正直的船長，還在武裝民船上服過役，熟悉海盜的情況。在利文斯頓花言巧語的遊說下，吉德船長也慢慢地動心了。後來的事實證明，這個所謂的維持國際秩序的行動，它的真正的目標並不是海盜本身，而是海盜船上的巨額財富。當這個命中註定要失敗的行動失敗時，可憐的威

廉‧吉德就成了代罪羔羊。

利文斯頓拉著吉德到倫敦多佛大街貝洛蒙勳爵的府上去拜見那位新任的紐約總督。貝洛蒙聽後認為這是一個極好的主意，於是他就讓利文斯頓去遊說當時英國最有權勢的四個人。這四個人分別是國務大臣施魯斯伯里公爵，掌璽大臣約翰‧薩默斯爵士，海軍大臣愛德華‧拉塞爾爵士以及軍械大臣羅姆尼伯爵，他們都是國王的親信。這幾位大人聽完利文斯頓的計畫後都很樂意投資這次行動，但前提是絕不能公開他們的姓名和身分。就連國王也有些心動，曾答應出3千英鎊，雖然最後不了了之。

1695年10月，利文斯頓、貝洛蒙和吉德簽署了一份協定。根據協定，貝洛蒙負責籌款6萬英鎊，佔全部費用的五分之四，其餘的由利文斯頓和吉德負責籌集。同時對掠奪的贓物也做了分配：全部贓物的百分之十要無條件上交給國王，剩下的分成三份，百分之六十給貝洛蒙的幕後贊助人，百分之十五給吉德和利文斯頓，百分之二十五留給船上的水手。協議特別指出，在出海航行期間不能分贓物，必須等到海事法庭判決後才能分贓。如果得不到贓物，贊助人出的錢就由吉德和利文斯頓負責償還。

幾個月後，吉德拿到了兩份特別證書，一份是緝捕拿特許證，授權吉德可以任意劫掠法國的一切船隻；另一份是國王的委任書，授權吉德有權捉拿海盜，並查封他們的船隻以及一切貨物、器皿和金錢。證書中還警告吉德，不得以任何形式去攻擊或騷擾帝國的朋友或盟友以及他們的船隻和臣民。就這樣，在官方的大力支持下，這種私人性質的冒險行徑披上了合法的外衣。

　　吉德爲了籌措他所承擔的股份，把自己的船和大部分的財產都賣給了倫敦一家投機商。但他對自己將來能不能得到巨大的收益卻毫無把握，因爲在東方海洋上法國人很少，海盜的行蹤更是捉摸不定，捉到海盜的機會簡直是微乎其微。當武裝民船撈不到什麼東西時，船員有可能就會叛亂，轉而成爲海盜。想到這裡，吉德對自己當初一時的頭腦發昏深爲後悔：「自己已經很富有了，何苦來淌這個渾水呢？」在他想打退堂鼓的時候，利文斯頓和貝洛蒙卻給他施加了巨大的壓力。他們把吉德帶到那些幕後的貴族贊助人豪華的家中，那些顯貴們哄騙他說，如果拒絕國王的委任就是對國王的不忠。當吉德向其中的一位贊助人抗議時，貝洛蒙便站出來進行威逼利誘。吉德根本不是這個有權有勢的英國特權階層的對手，他只能接受他們所提出來的一切條件。吉德心裡想：「有了國王的委任書，還有那麼多大人物的庇護，自己一定是安全的。」就這樣，他無可奈何地接受了任命。在出海之前，吉德曾去晉謁過羅姆尼勳爵和拉塞爾海軍大臣，這兩個狡猾的官員都迫不及待地催促他趕快出海，還許諾永遠支持他。他們才不希望自己投資的錢白白地損失掉，在這些政客的眼裡，根本沒有什麼永遠的朋友，有的只是永恆的利益。

　　吉德船長的「冒險」號於1695年12月在泰晤士河上的德特福下水。這是一艘裝備精良的戰船，重達287噸，上面裝備了34門大炮，安裝了大量的風帆，同時還裝上了23對大槳，以備不時之需。上面的船員都是精挑細選的可靠的水手，大部分都結了婚，不會做出違法亂紀的事。當他們滿懷信心地揚帆遠航時，卻遇到了一件最爲倒楣的事，使吉德先前花費的一番苦心全都付之東流。

　　事情的經過是這樣的：「冒險」號順泰晤士河而下，經格林威治時，吉德沒有按照慣例向守衛在那裡的一艘海軍輕型快艇致敬。海軍快艇隨即就向他們開了一

炮，可是炮彈並沒有擊中目標，而是落入水裡。當時的水手們正在桁端升帆，他們見此情景就轉過身來，拍著自己的屁股以示嘲弄。這個無禮的動作激怒了海軍軍官，不一會兒，從一艘大軍艦上來了一群士兵，他們蜂擁而上，不由分說就把吉德親自挑選的大部分水手都帶走了，讓他們到海軍中服役。為了填補這些水手的位置，他們給吉德送來了一群被海軍剔除下來的烏合之眾。

吉德是一個老練的船長，他不應該忽略這些基本的禮節，這原本是一場可以避免的災難。也許是因為他拿到了國王的委任書，有了權而忘乎所以了。「冒險」號7月份到達紐約，一直到9月才離開那裡。他們在橫渡大西洋時截獲了一艘法國漁船，這是吉德第一個合法的獵物，他賣掉了這艘漁船，並用得來的錢購置去印度洋所需的補給和人手。可是補足150名水手並不是一件容易的事，當吉德提出去東方海洋上打擊海盜時，紐約的那些本人或他們的朋友是海盜的水手們都拒絕了他的招募。為了能夠招募到的水手，吉德不得不自作主張把水手們原來對搶劫財富的分配額，從百分之二十五提高到百分之六十。費了很大的工夫，吉德才勉強招募夠了150名船員，這批船員中包括他的內弟撒母耳‧布富德利。這些人都是從四面八方拼湊到一起的，很多都是些生活窘迫沒有出路的人，都期望能發一筆橫財。這些人根本不服從管理，都是些亡命之徒，如果吉德丟了手中掌握的特殊委任書的話，他根本不可能駕馭這群惡棍。就是這些在紐約招募的人，給吉德日後帶來了後悔莫及的厄運。

吉德因為自己有國王的特別委任書，所以顯得十分傲慢。在紐約發生的事件並沒有讓他的傲慢氣焰有所收斂。五個月後，「冒險」號抵達海盜島馬達加斯加時，他又對皇家海軍進行了一次冒犯。1696年12月12日，在距離開普敦大約100海浬的地方，吉德和湯瑪斯‧沃倫海軍準將的一個皇家海軍中隊不期而遇。由於在橫渡大西

洋時遇到了風暴，「冒險」號損失了一些帆，吉德就要求這位將軍給他一些新的船帆。將軍毫不客氣地拒絕了他的要求，吉德說，如果海軍拒絕他的要求，他就會採取行動，強行奪取商船的風帆。將軍很惱怒，於是雙方就惡言相向，互罵了一陣。臨走時沃倫將軍威脅說，第二天早晨他將強行徵召吉德的30個水手入伍。到了晚上夜深人靜的時候，吉德悄悄地離開了那裡，朝著東方大海駛去。如果他在開普敦停留的話，勢必會被抓走。吉德在和東印度公司打交道時，也做得很不明智。在約翰納島附近，「冒險」號與一艘東印度公司的船隻相遇，吉德命令這艘船的船長把他們懸掛的三角旗拿掉，因為只有他才有權懸掛這樣的旗幟。東印度公司的船員可不是好欺負的，他們把船上的大炮對準「冒險」號，警告吉德趁早離開港口，否則會讓他好看。就這樣，吉德還沒有開始他的印度洋之行前就給東印度公司留下了惡劣的印象。

自從「冒險」號離開泰晤士河以來，已經整整一年了。吉德和他的水手們連一分錢也沒有撈到，船上食物越來越少，那些從紐約徵集來的船員，開始公開慫恿大家當海盜。1697年4月27日，「冒險」號駛向紅海。從這時起，吉德開始了他的海盜生涯。

1697年7月，「冒險」號在紅海狹窄海口內的丕林島外拋錨靠岸。這是海盜們一個非常理想的伏擊點，可以襲擊從穆哈港口開出來的阿拉伯和其他人的龐大船隊。這裡對吉德來說也是一個很適合伏擊海盜和法國人的隱蔽點。吉德事先多次派小船到穆哈去打探消息，第三次派出的小船回來報告說，那裡有14艘或15艘船將要準備起航。可是吉德整整等了三個星期，也沒有看到這些船的影子。紅海的天空萬里無雲，每天都是烈日當空，炎熱的氣候使空氣都停止了流動，沒有一絲涼爽的風

吹來，波光刺眼的大海上呈現出一片令人窒息的寂靜。在這種壓抑的氛圍下，一顆不安的種子正在慢慢地萌芽，如果吉德再不採取行動的話，有可能會引發一場大暴動，那些見錢眼開的船員早就對日復一日的等待失去了耐心。

吉德陷入一種進退維谷的境地，他必須重新考慮自己的抉擇。他雖然是派出來捉拿海盜的，並且手裡還掌握著截擊法國船的特許證。但是，在當時的那個時代，想識別一艘船隻的真正國籍並不是件容易的事，他們可以隨時選掛他們認為方便的旗幟。如果自己追擊的那艘船既不是海盜的，也不是法國人的，而是荷蘭人的船，或者說不定更糟糕的是英國人的船，那又怎麼辦呢？如果他採取穩當不冒險的辦法，只能兩手空空地回去，那麼用什麼來償付合約上所規定的巨額債款呢？沒有辦法，他只能去做海盜，除此之外沒有別的選擇。

就吉德本人來說，他是反對海盜行為的，可是手下那些貪婪的水手們可不是這種態度，他們向吉德施壓，要他帶領他們去搶劫，無論是哪個國家的船隻都不要放過。他們對吉德說，在這漫無邊際的紅海上，根本就是山高皇帝遠，誰也不會來管他們到底做了些什麼。吉德決定向摩爾人的船隻下手，因為在習慣上基督教武裝民船船長通常把摩爾人的船隻看做是合理的搶劫對象，國內的有關當局對這種事件也是睜一眼閉一眼。

8月14日傍晚，那支船隊終於駛出了穆哈港，吉德命令「冒險」號一路尾隨船隊，尋找機會動手。「冒險」號夾在船隊中準備慢慢地靠近摩爾人的商船時，被英國東印度公司的一艘裝備精良的護衛艦「王權」號發現了，船長愛德華‧巴羅摸清了吉德的意圖，就命令手下向「冒險」號開了幾炮。這時，「冒險」號正靠在摩爾

人的大船旁邊，吉德調平舷炮，擊中了那艘船的船身、船帆和帆索。「王權」號立刻追了上去，「冒險」號帆櫓並用急忙退卻。當「王權」號趕到出事地點時，「冒險」號早已不見蹤影。

　　吉德在紅海上一無所獲，還差點被軍方俘虜，使他在手下人的眼中的威信越來越低。周圍難以承受的壓力使他決定孤注一擲。8月底，當他們在離開印度果阿北部的馬拉巴爾沿海時，遇上了一艘摩爾人的小帆船，船長是一名叫派克的英國人，船上的大副是一名葡萄牙人。從法律上來說，搶劫這艘摩爾人的小船是違法的，可是現在他們根本顧不了這麼多了，船上的補給所剩無幾，如果不搶劫就得餓死。上次向「王權」號護衛的摩爾人船隻開炮就已經證明，吉德並不是一個合格的國王代表。這一次，吉德命令他的水手搶登小船，從船上帶回來一包胡椒和一麻袋咖啡，吉德還強行要求那位英國船長給他當領航員，那位葡萄牙大副當翻譯。

　　也許有人會說，在浩瀚無垠的海洋上，一艘船偶爾做了件壞事是不會輕易被人發覺的。可是別忘了，船隻想要補充供給必須到港口去，而港口卻十分有限，那些經常在港口中進進出出的航海居民可以傳播各式各樣的新聞。9月中旬，當吉德的「冒險」號停靠在卡爾瓦爾港口補給淡水和木材時，關於他在海上搶劫的傳言早就在人們之中傳開了。東印度公司貿易行的兩位官員登上「冒險」號，要求釋放派克和那位葡萄牙人。吉德斷然否認有這樣的事，還義正言辭地指責東印度公司在誣陷他。他事先派人將那兩個人鎖在船艙裡，那兩個官員根本無法找到。當時有兩個水手因爲不滿意吉德的做法，在這時候逃離了船隻，不久他們就來到東印度公司在孟買的貿易站告密說，吉德正在策劃一次破壞性很大的海盜行動。

　　東印度公司一位主要的代理人在一封信裡寫道：「吉德是一個貪得無厭的人，他性情粗暴，冷酷無情，對手下的人異乎尋常的嚴酷，船員們都對他望而生畏。吉德憑藉手中的國王特別委任書，在船上作威作福，他不時地威嚇手下的人說，誰不聽話就用槍托砸碎他的腦袋。」那個代理人還認為吉德所在的團體是一個散漫的、充滿分歧的集體，船員之間經常吵架鬥毆，不久也許會發生內訌。船上的食物也是極其匱乏，只能夠維持一個月，不去做強盜只能活活餓死。這位充滿幻想的代理人，將吉德船長給無情地妖魔化了，但他對吉德處境的分析卻很合理。

　　吉德準備在卡利卡特港補充木材和淡水時，當地東印度公司的經理彭寧拒絕了他。吉德拿出國王的委任狀，告訴他他是英國國王派遣來的。可是彭寧卻不買他的帳，當時整個港口都在談論吉德表面上捉賊，暗地裡卻做賊這件事，彭寧可不想招惹官司。當初那個含糊不清的合約和他的贊助人及水手對他施加的相互矛盾的壓力，使吉德在個性上產生了分裂，雖然他在內心把自己當成了皇上的忠實奴僕，但是外在的表現卻是一種赤裸裸的強盜行徑。

　　吉德無可奈何地駛離了港口，他已經成了那裡最不受歡迎的人。「冒險」號像一隻喪家之犬在廣闊的海洋上漫無邊際地遊蕩。一直到11月初，他們才發現一艘沿海岸向北行駛的貨船。「冒險」號上的人大為興奮，認為這下子可有得賺了，可是當他們靠近貨船時，卻看到船上飄揚的是英國國旗。吉德大失所望，而炮手長威廉·莫爾卻建議照搶不誤。

　　吉德說：「那是我們國家的商船，我可不敢這麼做。」

　　「那就讓我們來，我們早已變成要飯花子了！」莫爾氣急敗壞地喊道。

　　吉德派人檢查了這艘名叫「忠實的船長」號的英國船，發現所有的證件都齊全，就把它放走了。這下子可把水手們惹火了，他們群情激憤，有的甚至還拔出了手槍。吉德目光炯炯地注視著他們，一臉鎮靜地說：「我到這裡來不是為了對付英國船隻或合法的商人的，如果你們不滿意可以離開。要是你們想鬧事的話，我就把你們帶到孟買，送到當地的市政會去處理。」

　　水手們或許是忌憚船長的威嚴，或許是害怕觸犯法律，最後他們做了讓步。

　　一場騷亂總算平息下來了，可是船員們的怨氣卻是越積越深。在1697年10月30日，一場大的衝突，終於在吉德船長和莫爾炮手長之間爆發了。

　　那天，生病的莫爾正在甲板上磨一把鑿子。當他看到船長出現時，就衝著他大聲喊道：

　　「偉大的船長大人，像你這樣指揮船隻，我也可以做，而且做得不會比你差。」

　　這種充滿挑釁和諷刺的話，使吉德十分生氣，他強壓著怒火來到了莫爾面前。

　　「你把我們給毀了，我們已經孤立無援了。跟著你，我們早晚得餓死……」莫爾低著頭，嘴裡喋喋不休地說。

　　「我把你們給毀了？」吉德像一頭憤怒的獅子一樣咆哮道。「我對你們問心無愧，只有無賴才會講這種話！」

　　莫爾站起身來，他毫不示弱地回應道：「即使我是一個無賴，那也是你教

的！」

船長怒不可遏地喊道：「你這個沒有良心的傢伙，還不趕快閉上你的臭嘴！」他一邊喊著，一邊拿起一個外面包有鐵條的水桶向莫爾的頭扔去，莫爾應聲倒地。

他的同伴們急忙把莫爾抬到下面的船艙，吉德在他們後面大喊：「該死的傢伙，他是個惡棍！」

第二天，莫爾因顱骨斷裂而死亡。

從此以後，吉德失去了部分人的擁護。

11月底，「冒險」號在離卡利卡特十二、三海浬的地方，發現了一艘帆船。吉德命令船上升起法國旗，這一招果然有效，對方也升起了法國旗。這艘名叫「少女」號的商船，正駛向蘇拉特，船上裝有棉花、被褥，糖和兩匹馬。船長和兩名副官是荷蘭人，水手都是摩爾人。那個船長以為吉德是他們的朋友，根本沒有防備。天真的荷蘭人邀請吉德和他的手下登上了他的船，還主動出示了一張法國的通行證。這張法國通行證正好表明了他們是吉德船長名正言順的搶劫對象。「上帝，我可把你們逮住了！」吉德高興地喊道。「你們正是我要找的目標！」

吉德把摩爾人趕到長舢板上，把小船上的貨物洗劫一空，並運到岸上變賣成了現款和黃金。在這段海上航行的日子裡，吉德最終意識到，這些和他一起在這艘破船上同舟共濟的下層人，遠比那些在千里之外的皇室顯貴們，更具有威脅性。於是，他不惜違背以前所簽訂的合約，把這些錢分給了手下的人。

1697年耶誕節後三天，吉德在馬拉巴爾海岸附近搶劫了一艘摩爾人的雙桅船，

獲得了幾桶糖果和一大袋咖啡。十二天後，他又搶劫了一艘葡萄牙船，船上裝的大部分是東印度公司的貨物以及一些火藥、稻米、鴉片、生鐵、黃油和蜂臘等物品。1698年1月30日，吉德釣到了他從事海盜活動的第一條大魚。一艘500噸的亞美尼亞人的商船「奎達商賈」號，在一個叫賴特的英國船長指揮下，從孟加拉開往蘇拉特。船上裝滿了印度紗、絲綢、糖、硝石、生鐵、槍支和金幣。它在離印度海岸30海浬的柯欽以北的海域遇到了壞天氣，當他們在海上苦苦掙扎時，被「冒險」號從瞭望台發現了。吉德隨即命令滿帆疾駛，一直追了四個小時才追上它。吉德命令用船首炮轟擊，並升起了法國旗。吉德命令該商船的船長上「冒險」號來談判，對方卻派來一位年老的法國人炮長來冒充賴特。當這個法國老頭顫顫巍巍地站在吉德的面前時，卻驚訝地發現此時「冒險」號竟升起了英國旗，並聲稱這艘船已經成了他們的戰利品。

老炮長交給吉德一張兩星期前由孟加拉的皇家法國東印度公司總經理簽署的通行證，並解釋說，「奎達商賈」號雖然帶的是法國通行證，可是這並不能說明它就是法國船。那個亞美尼亞人船主也情願出3千英鎊贖回他的船，這點錢根本不能滿足吉德的胃口。他拒絕了贖金的要求，派人把船上一部分貨物運到岸上賣了一萬英鎊，和水手們瓜分了。吉德把「奎達商賈」號做為戰利品向馬達加斯加駛去，在航行了五、六天之後，「奎達商賈」號真正的船長才露面。當賴特船長來到吉德面前時，吉德才發覺自己已經無意中違反了他自己訂的規矩，面前這個人確確實實是一個如假包換的英國船長。

「我們闖禍了，搶劫這艘船會在英國引起軒然大波的。」吉德無不擔憂地告訴大家。

他建議將「奎達商賈」號交還給賴特船長，可是水手們不同意。

「反正都做賊了，不如來個痛快的！」

1698年4月1日愚人節，他們到達馬達加斯加，令人哭笑不得的是，他們停靠的港口竟是海盜的天堂——聖‧瑪麗島。這些在海上巡遊了兩年的海盜追捕者，這一次真正遇上了海盜。

當時停泊在聖‧瑪麗島的海盜船是「莫查快艇」號，這艘船原本屬於東印度公司，船長羅伯特‧卡利福德是從武裝民船上轉為海盜的。吉德這時正承受著使命和命運的雙重煎熬，雖然他已經成了海盜，但是他仍然夢想著去除暴安良。當他催促手下人去攻擊「莫查快艇」號時，那些不安分的傢伙們卻發出了嘲弄的狂笑。

「船長大人，你讓我們向朋友開火，是不是在開玩笑？」

「見鬼，我寧願把槍口對準你，也不會向我的夥伴開一槍！」

⋯⋯⋯⋯⋯⋯⋯

吉德船長對這艘船開始失去了控制，這些不安分的傢伙已經決定落草為寇了。

水手們將「奎達商賈」號上搶來的貨物瓜分殆盡，他們對船長還算客氣，給吉德分到了整整40份。分贓完畢，大部分水手都離開了吉德去投靠卡利福德，只有13個人留在了船長的身邊。「莫查快艇」號不費吹灰之力就佔領了吉德的小船隊，還補充了大量的兵員。羅伯特‧卡利福德帶領手下那些瘋狂的傢伙們把「十一月」號洗劫一空後放火燒掉，接著爬上另外兩艘船，見什麼搶什麼，武器、彈藥、鐵錨、

纜繩、手術箱全部被他們奪走。他們把吉德的航海日誌燒掉,還叫囂著要殺死他。吉德把自己的船長室緊緊地鎖住,才避免了一場滅頂之災。吉德在船長室裡躲避了好久,最後不得不在一個悶熱的下午向海盜船長卡利福德投降。

吉德對卡利福德發誓說:「如果我有害你的心,就讓我下地獄火海。」他的表現使卡利福德極為滿意,海盜們不但饒恕了吉德和他的幾個親信,還允許他們乘坐「奎達商賈」號、帶著尚餘的財物離開。6月中旬,「莫查快艇」號起航駛入印度洋,吉德則開始準備返回英國。

「冒險」號的船體內全都灌滿了水,擱淺在海灘的沙壩上,再也無法航行了。吉德帶領水手把船板拆光,用火燒了船體,把剩下的鐵架拿走。並用這些東西裝備那艘又笨又大的「奎達商賈」號,準備搭乘它返回英國。他還在島上那些流離失所的海員中招募回英國的水手,雖然這件事不容易辦到,但是他有充裕的時間來完成這項艱巨的任務。因為他們必須藉助東北季風繞過好望角,而季風來臨還需要5個月的時間。1698年11月15日,「奎達商賈」號在聖‧瑪麗港拋錨停泊。吉德決定向英國進發,他對回國一直抱有樂觀的態度,他確信自己現在依然有足夠的貨物、珠寶、金銀可以償還那些有權有勢的贊助商。再者,他離家這麼長時間了,十分想念自己的妻子和女兒,他在倫敦的生意還需要打理,所以他迫不及待地踏上了歸鄉的航程。

吉德剛剛離開聖‧瑪麗港,東印度公司在蘇拉特的總部就給倫敦法院的大法官們寫了一封信,言辭激烈地控告吉德所犯下的一系列海盜罪行。這封信很快落入了吉德的那些身居高位的後台老闆們手裡,他們一直對這次幹的投機冒險行動提心吊

膽，唯恐引火上身。最終，他們最擔心的事情還是發生了，自從吉德出航以來，海盜活動事故並沒有減少，而關於他做海盜的傳聞卻是越來越多，現在這些傳聞終於得到了證實。保守黨在野政客們抓住了這個難得的機會，他們窮追猛打揪出了派遣吉德率「冒險」號出海的民權黨的四個後台老闆，引發了一場政治地震。在這場醜聞中，威廉·吉德不可避免地被推到了風口浪尖上，成了罪魁禍首。

大法官們也做出了積極的反應，他們命令一支正要開赴印度洋的海軍艦隊去緝捕吉德。與此同時，海軍部又照會美洲各殖民地的總督們，命令他們協助追捕吉德。為了孤立吉德，法庭還宣佈除了吉德和亨利·埃夫里等少數的幾個人外，好望角以東的所有海盜都可以得到赦免。

吉德在1699年4月初到達了背風島的安圭拉，可是派出去的小船卻給他帶來了一個災難性的消息：在殖民地的每個港口，到處都張貼著抓捕吉德和他的水手們的通緝令，只要發現他們就立刻逮捕。一時間，「奎達商賈」號上人心惶惶，在那裡拋錨停泊了足足有四個鐘頭。船上大部分人都主張將船觸礁沉沒，然後大家分散隱蔽起來，這總比白白去送死強。吉德不主張逃跑，他說自己離家已有很長時間了，很想念自己的親人，再者，自己一把年紀了也承受不了那種流亡的生活。他幻想倫敦和紐約那些有權勢的朋友會向他伸出援手，還天真地認為手上掌握的那兩張繳獲的法國通行證，可以證明他不是海盜。因此，他決定前往紐約，向新總督貝洛蒙勳爵尋求保護，畢竟他也是「冒險」號航行的支持者之一。

吉德決定向北航行，可是「奎達商賈」號太大，很容易暴露目標，加上海水的長期侵蝕，已經變得破舊不堪了，根本無法逃脫追捕。吉德決定換一艘靈巧、輕快

的船，於是他們就在伊斯帕尼奧拉島東南方的莫納海峽，花了3千西班牙銀幣買下了
一艘無國籍的「安東尼奧」號商船。在希幾河河口，吉德指揮水手把「奎達商賈」
號上的許多戰利品以及他個人的財物如碎金子、金條、銀盤子、寶石、絲綢等都搬
上了「安東尼奧」號。大部分水手都願意留在原地，只有12名水手和吉德去了紐
約。

6月10日，「安東尼奧」號繞過長島，停泊在奧伊斯特灣，吉德這場爲生命和
自由而進行的令人絕望的賭博終於畫上了句點。他用了近三年時間，總共航行了
42000海浬，比繞地球一周還遠。那艘「冒險」號早已成爲熱帶孤島上一隻僅剩殘骸
的龐然大物，手下的水手有的已經死去，有的變成了東方海洋上的海盜，他自己則
由一個令人尊敬的船長變成了一個亡命之徒。在這生死存亡的關頭，吉德把一切希
望都寄託在了貝洛蒙勳爵的身上。在奧伊斯特灣，吉德給他的老朋友，一個名叫詹
姆斯‧埃莫特的律師寫了一封信，請他到船上商量對策。兩天後，埃莫特來到了船
上，他和吉德商量完後立刻前往設在波士頓的貝洛蒙總部。埃莫特在6月13日的深夜
來到了貝洛蒙的住處，他建議貝洛蒙赦免吉德，並向他提交了那兩張通行證。

貝洛蒙早就接到了逮捕吉德的命令，他才不想拿自己的前程來做賭注，於是決
定犧牲吉德來保全自己。爲了防止吉德逃跑，他讓吉德的朋友波士頓郵局局長鄧
肯‧坎貝爾在6月19日這天，給吉德送去一封信。他在信中玩弄了兩面派的手法，花
言巧語誘騙這位船長進港。

他在信中寫道：「我已經通知了國王陛下的樞密院，還給他們看了這封信，他
們認爲如果你是清白的，就應該大膽地站出來爲自己辯護。我一定盡全力在國王那

裡爲你和你的手下求得赦免，希望你相信我，我會用我的名譽和人格向你保證。」可是，貝洛蒙在給倫敦的另一封信中卻暴露了他的眞實用心：「用威脅手段只會讓他狗急跳牆，不如哄騙。」

　　吉德看到貝洛蒙給他寫的信後，心中的那塊石頭總算落下了。也許他對事態的發展估計得過於樂觀了，他竟然把那些應該拿到海事法庭去聽候處理的全部貨物，佔爲己有。他到處送東西，希望討好所有的人。他還很不明智地給貝洛蒙夫人送了一份厚禮，其中包括一個十分華麗的琺瑯寶盒，上面用金子鑲嵌著四顆鑽石。貝洛蒙現在躲他還來不及了，絕不會私吞這個燙手的山芋的，他立即上交了法庭，成了吉德行賄的證據。不過吉德還沒有傻到完全失去警覺的程度，他把一小部分財物交給他的朋友們妥善保管，剩下的大部分珍寶埋藏在加德納先生在島上的果園內，並從該地業主約翰·加德納處拿到了一張收條。

　　這時，吉德的妻子薩拉和他的兩個女兒也從布洛島來到了「安東尼奧」號船。薩拉·吉德幾個月來一直忍受著痛苦，關於吉德已經淪爲海盜的傳聞使她坐立不安，在久別重逢的欣喜中，難免夾雜著幾分辛酸。

　　吉德全家於1699年7月2日在波士頓上岸，住在一家小旅館。這時，吉德又給貝洛蒙夫人送去了一筆賄賂——在一個綠色絲綢包裡裝著價值一千英鎊的金條。沒想到他卻吃了一個閉門羹，總督夫人毫不客氣地將金條退了回來。第二天，吉德被帶到了市政廳。貝洛蒙態度冷淡地要求他敘述在海上的所作所爲，並要求他交出航海日誌。吉德粗暴地回答說，他的航海日誌被那些可惡的水手銷毀了。於是，總督和市政會命令他寫一份報告交上來，可是到了7月6日，吉德也沒有提交報告。市政會

失去了耐心，投票決定立刻逮捕吉德。員警在貝洛蒙家的正門外找到了他，吉德不甘心被捕，他衝出重圍，跑進了總督的家中。他這樣做簡直是自投羅網，總督貝洛蒙伯爵命令衛兵把他捆綁起來，關在一間單獨的牢房裡並加上了16磅重的腳鐐手銬。這時，狡猾的貝洛蒙徹底撕下了溫情脈脈的面具，將他昔日的老朋友稱為「惡魔」，並施加了殘酷的報復。他還對吉德的財產進行了瘋狂地搜刮，吉德在倫敦的全部財產都被沒收，他的家也被抄了，甚至連他和妻子的衣物也被打包帶走了。他贈送給朋友的禮品全部被追回，幫他運過貨的船隻也難逃關係。不久，員警又在加德納島上挖掘出吉德埋藏的寶藏。三個星期之後，政府開出了清單：1,111盎司黃金，2,353盎司白銀，1磅多重的寶石，57袋糖，41捆雜貨。這些財物全部都充公，運回英國收歸國庫。

　　吉德和他的同夥在石頭監獄裡受到非人的折磨，他們與外界的一切聯繫都被切斷，直到冬天到來時，波士頓市議會擔心他們會被凍死，才允許家人給他們送一些保暖的衣服。1700年2月6日，吉德和他的同伴被帶上前往英國的船，吉德被鎖在艙底的一間屋子中，其他犯人都關在炮房裡。4月11日，押運的船隻來到了泰晤士河河口，吉德被轉押到皇家遊艇「卡德琳」號上，然後開進格林威治，準備把他押解到海軍司令部。當4月14日早晨滑膛槍手打開艙門時，發現吉德正生著病，精神處於極度錯亂的狀態。他一會兒乞求人們給他一把刀，好讓他自殺；一會兒手中舉著一塊黃金，說要送給妻子；一會兒又痛哭流涕，哀求人們不要絞死他。

　　後來，吉德被關進了新門監獄，這所監獄已經有了五百年的歷史。這是一個令人作嘔的地方，獄中瀰漫著糞便的惡臭和潮濕的腐霉味，探監的人常常要用一大把鮮花捂著鼻子才能進來，犯人每次被帶到法庭之前，都要用醋好好清洗一遍才能除

去。裡面害蟲孳生，蝨子就像花園中鋪地的貝殼那樣多。牢房裡擁擠不堪，兩三個犯人睡一張床。令人不敢相信的是，這座監獄裡犯人竟然還要自己掏腰包付房租。在這個狹小骯髒、喧鬧殘破的牢房裡，威廉·吉德被監禁了一年多。在坐牢期間，不允許他在監獄中運動、不允許他寫信給自己的妻子，更不允許他向任何人談論關於自己的案子。除了他上了年紀的叔叔和嬸嬸外，其他的人一律不許探監。吉德完全與世隔絕，身體的狀況更是每況愈下，在1700年5月的一份監獄看守向海軍部的報告中記載：「吉德船長的頭劇痛，四肢顫抖，迫切希望要他的衣服。」

1701年3月底，吉德突然被召到了下議院。一切來得太突然了，在事先沒有任何準備的情況下，吉德很難應付審訊。他在議院的審理中表現的並不好。雖然有些議員認為他的勇氣可嘉，但是大多數的議員都認為他粗魯野蠻，甚至還有一位議員認為他喝醉了。其實，下議院對吉德本人的案件並不在乎，他們才不會管一個海盜的死活，他們是想找出幕後的指使者，藉此打擊政治上的對手。可是吉德對政治上的鉤心鬥角一竅不通，他只是一味地申訴自己的無辜，根本沒有弄明白保守黨議員們的真實意圖。如果他把背後支持自己的民權黨的幾個勳爵也拖下水的話，他很有可能獲得寬恕。可是他看不到這一點，讓那些議員們十分失望。一個下議院的議員評論說：「我原本以為他只不過是一個惡棍，現在看來，他還是一個十足的傻瓜。」

5月8日，吉德站在倫敦法庭的被告席上。期待審訊兩年之久的吉德此時卻遇到了很大的麻煩，那兩張攸關性命的法國通行證，已被貝洛蒙扣留並沒有還給他，使他缺少了證明自己無罪的最有力證據。更令他沮喪的是，直到開庭審訊前的一兩個小時，他還沒有辯護律師。海軍部曾撥出50英鎊做為他的辯護費，但是直到5月7日晚上還沒有把那50英鎊交給吉德的兩位法律顧問，顧問在沒有拿到錢之前是不會工

作的。在開始審訊的那天早上吉德才匆匆忙忙地和他的辯護律師簡單地交談了幾句。

在審訊的過程中，吉德既不能進入證人席為自己辯護作證，也不能由他手下的水手來替他作證。對於國王指定的證人帕爾默和佈雷汀漢姆歪曲的證詞，法官要求必須由吉德自己來進行盤問，律師不能插手，於是這位老海員只好自己笨拙地為自己辯護。當提到「冒險」號上炮長威廉・莫爾的死亡的問題時，吉德說：「我沒打算殺他，而是當時我太衝動了，我打從內心感到對不起他。」可是吉德為自己辯護時又犯了很大的錯誤，辯護得很糟糕，陪審團為此花了將近一個小時，才做出最後裁決，他們認為吉德謀殺的罪名成立。

在5月9日，吉德又出庭三次，他和其他九個被告一起站在被告席上，就海盜行為的單獨審訊進行答辯。那兩個國王的證人控告他犯了海盜行為罪，搶劫了「奎達商賈」號、「少女」號。他們還不遺餘力地往吉德身上潑髒水，指責他是頭號海盜，性情粗暴，手段殘忍兇暴，人們都懼怕他、憎恨他。他所犯的罪行擢髮難數，簡直集殘暴和詐騙之大成。帕爾默和佈雷汀漢姆不厭其煩地重複著那一套經過篡改的假話，吉德根本不是他們的對手。吉德聲稱，「奎達商賈」號和「少女」號是合法的戰利品，因為他們有法國的通行證，當法官讓他拿出法國通行證做證明時，他又拿不出來。吉德最後終於明白自己已經處於絕望的境地。

當法庭最終宣判吉德死刑時，他絕望地說：「我的上帝啊，這個刑罰太重了，我是最無辜的人，我是被做偽證的人給詛咒死。」

可是他的話又有誰會相信呢？就這樣他被實施了絞刑……

　　吉德死後，他的遺孀嫁給了一位有名望的政客，在紐澤西過了四十三年舒適的生活。他的女兒們後來也都結婚了，擁有了自己的家庭和孩子。至於那個用奸計陷害吉德船長的貝洛蒙勳爵，在吉德被處死的前三個月就死掉了。他的遺孀訴苦說他為國王效忠，耗盡了自己的精力。吉德交給貝洛蒙的法國通行證，後來在倫敦檔案局找到了。從「奎達商賈」號上沒收的黃金、白銀、珠寶、絲綢和印度紗全部充公，政府拍賣了6,472英鎊。現在格林威治的國家海洋博物館的一棟樓，就是用吉德的錢買的。

第三章

尋找海外寶藏

在海盜的黃金時期，他們在浩瀚的海洋上透過搶劫和掠奪，獲取了大量的財寶，金銀和鑽石，他們將這些堆積如山的財寶掩埋在偏僻的地方。然而，隨著各種因素的出現，很少人能夠再次找到自己掩藏的寶藏。

其實，每個人的心中都有一個關於藏寶圖和尋寶探險的夢。誰沒有追求富貴的夢想？誰不曾夢想自己突然發現財寶？在那閃閃發光的金子、令人眼花撩亂和心動的珠寶面前，世界上各種膚色的尋寶者都為之瘋狂。那麼，你是否就是那個獲得寶藏的幸運兒呢？……

第一節　金錨鏈和神秘桅杆

　　14世紀下半葉，正是北歐的海盜揚名大海的黃金時期。無數「獨立」的海盜團體各行其是，使所有在北海來往的船隻聞風喪膽。在北歐的海岸線上，幾乎沒有一艘商船可以順利地逃脫他們的手掌心。當時，丹麥女王瑪格麗特進行了瘋狂的侵略擴張，使無數的挪威人和瑞典人死於非命。從1389年春天以來，丹麥人就對瑞典城市形成了一個嚴密的包圍圈，使被圍困的瑞典人只剩了一條唯一的海上通道。在萬不得已的情況下，斯德哥爾摩的居民們只好求助於海盜幫忙。梅克倫堡公爵還以瑞典國王的名義發佈了一個公告：「所有的海盜可以對丹麥王國和挪威王國自由地進行搶劫、偷竊和縱火，同時必須向斯德哥爾摩提供必要的援助，這樣就可以在維斯馬和羅斯托克領取特許證。」這個特許證大受北方海盜們的歡迎，他們不但可以名正言順地搶劫敵方的船隻，還突破封鎖線，給被圍困的、飢餓的斯德哥爾摩居民提

供了必須的食品。慢慢地，海盜之間形成了所謂的「糧食兄弟」聯盟。

　　克勞斯·施托爾特貝克爾就是屬於「糧食兄弟」同盟中最大膽的海盜之一。他出生在德國的維斯馬，常年指揮著五十艘戰船在北海和波羅的海上游弋，不僅搶劫丹麥的船隻，其他國家的船隻也無一倖免。在一些人的眼裡他是一隻可怕的海狼，但在另一些人眼裡他卻是「海上的羅賓漢」。他常常劫富濟貧，喜歡幫助窮人。從1393年4月以來，他的勢力越來越強大，曾經對挪威南部城市貝根發動了襲擊，洗劫並燒毀了這座富裕的貿易城市。他們從來不放過任何船隻，以致於商船根本不敢到公海上來。在海上肆意搶劫的過程中，海盜們不但積聚了數量眾多的珍貴物品，而且還累積了大量的金銀珠寶。爲了把這些搶來的金銀財寶盡可能多地運走，他們便把船桅杆掏空，把大量的黃金和白銀熔鑄成錨鏈，藏匿在其中。

　　英格蘭國王理查二世和丹麥女王瑪格麗特爲了打擊「糧食兄弟」的海盜行徑，他們聯合起來，組織了一支強大的艦隊，對海盜們進行了報復行動。1401年夏天，當施托爾特貝克爾率領船隊在北海以「之」字形逆風航行時，遭到了英格蘭戰艦的伏擊。經過殊死的搏鬥，他們最終還是沒能突破重圍。在戰鬥中，有40名海盜被打死，包括克勞斯·施托爾特貝克爾在內共有73名海盜成了俘虜。隨後，施托爾特貝克爾被送回德國審判，在那裡被判處砍頭的極刑。1401年10月的一天，克勞斯·施托爾特貝克爾和他的73名海盜兄弟被押往格拉斯布魯克。在即將被推向斷頭台的時候，施托爾特貝克爾向漢堡的議員們提出了請求，他許諾將那些金錨鏈和無數的金幣全部都交出來，另外還額外向漢堡捐贈一個金質的教堂鐘樓樓頂，以換取他們的自由。漢堡的議員們卻認爲，即使他們不主動交出那些財富，他們也會找到寶藏的。他們斷然拒絕了這個請求，這73名海盜全部都人頭落地，血淋淋的頭顱被釘在

一排排木樁上示眾。

施托爾特貝克爾的海盜船「紅色魔鬼」號被一個普通的漁民買了下來。當他在鋸桅杆時，卻在凹處發現了大量的金幣和銀幣。這些都是「糧食兄弟」搶來的戰利品，這個漁民大喜過望，他把裝滿財寶的桅杆小心翼翼地埋到了一個秘密的地方。由於種種原因，那個德國海盜船長的所有財產至今仍然下落不明。

根據一些古老的傳說，施托爾特貝克爾的寶藏至少分別隱藏在以下幾個地方：

第一，是古老的哥特蘭港口城市維斯拜。這個地方曾經是「糧食兄弟」的根據地。這個城市有28座碉堡，還有眾多的堡壘和堅固的城牆。

第二，它們可能被埋藏在波羅的海的烏澤多姆。在那個小島上有一條從沙灘通向腹地的「施托爾特貝克爾山谷」山峽。過去，這條山路曾經通往一處海盜的藏身地。有人分析那裡至今也許還埋藏著他們的戰利品。

第三，就是著名的滿是白色峭壁的白堊質海岸的呂根島。這裡曾經是海盜的棲身之處，有許多山洞。在過去的搶掠活動中，海盜們也曾經在這裡落腳。一度被人稱之為「海盜灣」。

第四，波羅的海小島上的費馬恩城堡。尋寶者在最近幾年在這座城堡裡發現了古老工事的殘垣斷壁，此地最適宜埋藏寶物。

第五，是東佛里斯蘭海岸雷伊布赫特東部的位於馬林哈弗的那座古老的聖母教堂。教堂建有六十多公尺高的鐘樓，寶藏極有可能埋藏在那裡。在14世紀時，這裡是海盜們最喜歡居住的地方。當時，大海從這裡一直延伸到離陸地很遠的地方。海

盜們有可能把搶來的東西放到高高的鐘樓裡。

　　第六，就是離馬林哈弗不遠的一個農莊。從12世紀開始，這個農莊就很富裕，後來農莊的主人又把他的女兒嫁給了克勞斯‧施托爾特貝克爾，施托爾特貝克爾有時住在那裡。

　　進入21世紀以來，無數的探險家和尋寶者們先後找到了這幾個地點，卻一無所獲。海盜們究竟把他們的金錨鏈和珍寶埋藏在哪裡，依舊是撲朔迷離。尋寶者們深信，它必然埋藏在上述六處中的某一處地方，只不過是沒有找到罷了。

第二節　亨利‧安遜與900箱黃金

在廣闊的太平洋上，一艘西班牙軍艦像獵犬似地追逐著一艘英國海盜船「烏尼科尼奧」號。每次在即將得手的時候，海盜船都奇蹟般地逃脫掉了。這艘海盜船是由英國海盜亨利‧安遜指揮的，他憑藉其高度的智彗和冷靜，每次都能夠化險為夷。亨利‧安遜在太平洋上威名遠揚，為了表彰他的功績，英王還加封他為勳爵。

英國海軍部委託亨利‧安遜去掠奪非洲南部西班牙帆船和殖民地上的財物，於是，他率領8艘作戰能力很強的戰艦在海洋上搶劫西班牙船隻，累積了大量的財富。身為世界上第三大航海家，亨利‧安遜在1774年返回英國時，如果想把他所攜帶的戰利品從普茲茅斯運回倫敦的話，即使用40輛牛車也拉不完。這次他們為了躲避西班牙軍艦的追蹤，決定駛向魯濱遜‧克盧梭島，這個綠色的避難所。亨利‧安遜從西班牙人那裡奪取了一大筆財物，數目十分可觀。當時「烏尼科尼奧」號船上載有900箱黃金和寶石，每箱重1300公斤，總價值高達100億美元。這些財物都是西班牙人在南美洲當地的土著居民那裡搶劫而來的。「烏尼科尼奧」號船上同時懸掛著英國國旗和黑色的海盜旗，在平時海盜船會很容易地擺脫追蹤，可是這次安遜的旗艦負載太重，所以讓西班牙的戰艦有了可乘之機。

在魯濱遜‧克盧梭島上，海盜們度過了一個平靜的夜晚。他們誤認為輪船已經進入了安全地帶，可是在第二天早上，偵查員登上瞭望台時卻突然發現了西班牙的戰船。這是一艘很大的艦船，船的桅杆很高，船帆是黃白相間的，正滿帆朝這裡駛來。船舷上裝備了一排火炮，黑黝黝的炮筒從船側的炮眼裡伸了出來。一直以來，

它都在跟蹤「烏尼科尼奧」號輪船，想把被搶走的財物奪回來。

　　亨利‧安遜站在甲板上，目光掠過海灣，藉助望遠鏡觀察海面上的動靜。當他看到這些難纏的西班牙戰艦時，不由得罵了一句：「頑固透頂的混蛋，我一定會讓你們好看。」如果船上所載的物品不是這麼沉重的話，他們早就避開西班牙人的追殺。可是，由於受這些財寶所累，他們無法甩掉西班牙戰艦，形勢十分危急。

　　亨利‧安遜默默地注視了一會兒那艘西班牙戰船，然後轉過身來帶著憂慮的神情走到船身的左側，倚在欄杆的木扶手上思考著如何脫身。當他的目光落在近處這片草木茂密的島嶼上時，突然眼前為之一亮。

　　儘管他希望他們藏身的地點不被發現，可是萬一西班牙人將目光投向這個島灣，他的船隻就會暴露無遺。如果他冒險直接朝海灣方向行進的話，那麼他們休想從西班牙人的炮口下逃生。只有把搶來的財寶轉移到魯濱遜‧克盧梭島上，才是萬全之策。

　　想到此，亨利‧安遜果斷地命令道：「把所有的箱子和桶子都抬到甲板上來，然後轉移到小船上，我們要從這裡登陸。」一聲令下，船員們開始了緊張的工作。水手們扯下小船的防水帆布，解開繩索，小心翼翼地把小船挪到大船的外側，在大船的背風處放下。接著，海盜們把裝滿首飾和金銀珠寶的箱子和桶子從底艙抬了出來，藉助踏板繩梯，把箱子和桶子卸載到小船上。

　　安遜坐在一艘小船船尾的座板上，負責掌舵，其他的船員則按照相同的節奏奮力划船。他們駕著滿載著物品的小船駛離了大船的背風處，直奔小島而去。快要到

達岸邊時，船員們停止了划船，把船停穩，將別在他們腰帶的手槍和馬刀整理了一下，以防被海水弄濕。

　　突然，船身受到猛然一擊，一個浪花打來，將小船衝到了海灘上，安遜第一個跳進海裡，他游過了一片水流很急的淺水區到達岸邊，四處查看了一下，才招手示

意船員們放心上岸。船員們下了船，手忙腳亂地把船推到了岸邊。

　　經過了短暫的休息後，他們抬起了全部用鐵圈箍住的沉重的大箱子和桶子，運送到了小島的中部。在一座高達1700公尺，冬季時而有積雪覆蓋的山上，海盜們把所搶來的財寶埋藏在那裡。

　　海盜們在穿越灌木叢時，遇到了很大的麻煩，他們步履艱難地走在泥濘不堪、雜草叢生的小徑上，地面又濕又滑，空氣潮濕沉悶，幾乎令人窒息。為了防蚊蟲叮咬，他們不得不披上沉重的馬甲，或者穿上水手服，頭上還裹上了五顏六色的頭巾。在凹凸不平的地面上行走時，他們不時會跌倒，喘息聲卻越來越沉重。每前進一步，就會離「烏尼科尼奧」號遠一些。他們的內心充滿了恐懼，行走在這個漫無邊際、深不可測的綠色海洋裡，深恐陷入這片原始森林的陷阱裡。每走一步，都彷彿踏在刀刃上一般。他們都希望把這些財寶放進植物叢林裡，以便盡可能早一點返回到他們的戰船上。只有亨利‧安遜以一種堅韌不拔的勇氣催促著隊伍朝目的地前進。臨近傍晚，天色漸漸變暗了，他們點起了火把，在火光的照耀下繼續前行。直到船長下達了停下來的命令，這些氣喘吁吁的船員們才如釋重負般地放下那些裝滿銀條和金首飾的巨大的箱子和桶子。對於南美的土著居民來說，金子是「太陽的汗水」，而銀子則是「月亮的眼淚」。印加人打造的金銀首飾，完全是一種純粹的審美天性。而對英國的海盜們來講，這些金光閃閃的貴重金屬是財富、幸福、權力的象徵和精神上的保障。

　　亨利‧安遜帶領他的手下將大量的財寶埋藏在魯濱遜‧克盧梭島上，然後成功地擺脫了西班牙人的追捕。此事過了200年之後，第一批尋寶的人士來到了這個小

島上。在研究了大量的古籍和文獻後，他們在島上進行了細緻的挖掘，最終一無所獲。

20世紀80年代，尋寶的人們又獲得了一線希望，有消息透露說，在一陣傾盆大雨過後，魯濱遜‧克盧梭島上有許多的銀條從高地沖到了山谷裡。人們立刻把它與那批寶藏聯想在一起，不久又有大批的人被吸引到太平洋上的這個小島上，但還是沒有什麼特別的發現。

又過了十年，一位荷蘭裔的美國人貝爾納得‧凱澤對尋找海盜的財寶產生了濃厚的興趣。他從島上唯一的村落裡一家名叫「阿爾達‧丹尼爾‧笛福」的旅館的老闆娘那裡獲得了有關「安遜的財寶」的資訊，立即著手進行探測。貝爾納得‧凱澤找到了一個極有價值的線索，他還確信自己已經找到了寶藏的埋藏地點。後來，貝爾納得‧凱澤與智利政府進行了磋商，就關於「找到的寶藏的利益分成」達成了共識：所得寶藏的75%歸智利政府及魯濱遜‧克盧梭島上的居民，剩餘的25%歸貝爾納得‧凱澤所有。

一切準備就緒後，貝爾納得‧凱澤來到了魯濱遜‧克盧梭島，雄心勃勃地尋找埋藏在那裡的財寶。在距離一個叫「蠟牙」海灣不遠的地方，貝爾納得‧凱澤的挖掘小組開始了他們的工作。這名美國人經過大量文獻研究，並經過衛星探測確定了一個地點，指揮6名高價雇來的當地居民用小型推土機、鋤頭和鏟子挖出了一個大大的洞穴。在工作的過程中，員警的小船在海面上來回巡邏，負責安全工作。可是剛剛挖了3公尺深，他們便遇到了岩石，無法再進行下去了。對貝爾納得‧凱澤來說，所有尋寶的夢想都因此破滅了，他無不失望地離開了這個夢想與失落交織的地方。

第三節 南澳島之寶

相傳在南澳島上藏有富可敵國的巨大寶藏，那裡埋葬的金銀珠寶數不勝數。關於寶藏的傳說從宋朝末年就已經開始在那裡流傳了，到了明朝，又出現了海盜藏寶的說法。於是，一批又一批的尋寶者紛至遝來，在這個面積僅爲一百多平方公里的小島上，演繹了一個又一個的尋寶傳奇。

根據《南澳志》記載，南宋小皇帝趙昰和他的弟弟太子趙昺被元軍追趕，曾經在南澳島躲藏了十五天，他們將大量的寶物藏在了離太子樓幾十公尺遠的一堆巨石中，並在崖石刻上獲取寶藏秘訣的文字，準備在日後留做光復國家之用。然而小皇帝在離開南澳島後不久，就在元軍的追殺之下投海自盡了，寶藏也就成了千古之謎。日復一日，在歲月無情的侵蝕下，石崖上的文字變得面目全非了，那麼，石壁上的神秘文字，是否像阿里巴巴的「芝麻開門」一樣，引領我們打開寶藏的大門呢？許多專家學者對這段摩崖石刻做出了種種猜測，他們有的認爲那些石刻的文字「非詩非文」，「應爲纖緯之言、扶乩之語」。就在專家學者對摩崖石刻爭論不休的時候，另一個關於尋寶的謎語，更是讓他們絞盡腦汁。這就是：「水漲淹不著，水涸淹三尺，箭三支，銀三碟，金十八壇。」據說誰能破解這句謎語，誰就能找到海盜吳平的寶藏。

吳平是明朝嘉靖年間活躍在閩粵沿海最著名的海盜之一，他從倭寇劫掠起家，後來發展成一股強大的海上力量，勢力一度發展到台灣和東南亞。傳說他善於潛水，能潛泳七、八公里。

由於吳平的勢力越來越大，已經嚴重威脅到了明朝的海防安全，朝廷終於決定對吳平進行清剿。明嘉靖四十四年（1565年）八月，明朝兩位最偉大的軍事家戚繼光和俞大猷聯合起來對龜縮在南澳島的大海盜吳平進行了毀滅性的攻擊，戚繼光的

背後突襲，使吳平全面潰敗，不得不倉皇逃跑。

在臨逃跑前，他匆匆將多年劫掠的大筆金銀珠寶，埋藏在南澳島某個神秘地方。藏寶時吳平試探他的妹妹說：「如果山寨被剿，妳是隨我逃走還是留下來看守金銀？」妹妹說：「還是留下來好。」於是吳平就將妹妹殺死並分屍和金銀埋在一起。嘉靖四十五年四月，海盜吳平在安南萬橋山被戚繼光、

俞大猷全部殲滅。而寶藏的秘密也隨著吳平深埋在地下，只留下一段充滿玄機的歌謠：「水漲淹不著，水涸淹三尺。」

有人認為深澳灣就是吳平的藏寶之地，這裡是當年海盜吳平訓練水兵的地方。在現代擴建碼頭的時候，人們曾經在水下發現過吳平當時修建的海底石林。有的專家認為，寶藏極有可能藏在附近的海底。可是探險隊員們在水下搜索了好幾天，卻毫無所獲。但是有的專家依舊堅信，島上確實有寶藏，只是「水漲淹不著，水涸淹三尺」這句謎語前面應該還有兩句話，由於失傳了，所以後人就無法確定寶藏的位置。

在明清兩朝，潮州是海盜縱橫出沒的樂土，著名的海盜除了吳平，還有許朝光和林道乾等人。他們無視朝廷的海禁，有時馳騁四海、通番貿易；有時佔島為王、攻城掠寨，成為叱吒風雲的海上梟雄。他們極有可能將打劫來的財寶埋藏起來。

《台灣通史》卷一開闢紀有一段記載：「嘉靖四十二年（1563年），海寇林道乾遁入台灣，都督俞大猷追之……（乾）以兵劫土番，役之若奴。土番憤，議殺之，道乾知其謀，乃夜襲殺番，以血釁舟，埋巨金於打鼓山，逸之大年（南洋）。」由此可見，海盜們一定有大批的寶藏被他們藏了起來。

多少年來，到南澳島上尋寶的人不計其數，但都一無所獲。雖然直到現在仍無法解開南澳島的藏寶之謎，但也正因為這個未解的藏寶之謎，給南澳島美麗的風光平添了幾許神秘的色彩，吸引人們更多探詢的目光。

第四節 莫臥兒帝國寶藏之謎

麥克‧埃夫里是一個英國船長，他又名約翰‧艾弗里或朗‧本‧艾弗里，爲了尋找財富在東方海洋上幹著殺人越貨的勾當。關於他的傳聞在英國和愛爾蘭流傳甚廣，對他最後的結局也是眾說紛紜，有人說他曾經表示願意替國家償還全部外債，因此換取了自己的人身自由。還有人說他後來和莫臥兒大帝美麗的女兒一起來到馬達加斯加，兒女成群，在那裡過著帝王般的生活。可是事實並非如此，埃夫里手下的人大部分都被絞死在英國，他本人後來淪爲乞丐，最後飢寒交迫死在德文郡的一間小破屋裡。

埃夫里是一位中等身材、微胖、整日笑呵呵的人。他爲人大膽、好脾氣，但有時專橫，不易接近，如果有人欺騙他，他絕不輕易饒恕。和大多數的海盜一樣，有關埃夫里早年的生活情況，很少有人知道。他出生在英國普利茅斯附近，從小就跟隨船隊出海航行。他經歷了各式各樣的海上歷險，慢慢地從一個眞正的海員變成一名自覺自願的海盜。關於他的事蹟有各式各樣的傳說，其中大部分都是虛構的。有人說他當過皇家水兵，在1671年跟隨皇家海軍攻打過阿爾及利亞地中海海盜基地；還有人說他在拉丁美洲北海岸當過冒險家，在坎佩切海灣當過一艘洋蘇木貨船的船長，在1691年到1692年間，在「紅手」尼科爾斯船長的手下當過海盜。但有一點是肯定的，他曾經在百慕達英國總督手下服役，在非洲幾內亞沿海一帶做過惡名昭彰的奴隸販子。

在他40歲時，才正式成爲海盜。當時，他正著手進行一次在東方海洋搶劫的航

行，這次航行使他成為西方世界中最兇惡的海盜。1694年的春天，埃夫里在布里斯托爾市的一艘名叫「查理斯第二」號的船上當水手長，該船被西班牙政府租用，做為武裝民船，船上裝備了46門大炮，負責在加勒比海地區攔截法國走私船。埃夫里和他的幾個同伴蓄謀搶劫「查理斯第二」號，這是一艘快船，武器裝備良好，是一艘理想的海盜船。他們打算把它開到印度洋上去從事海盜活動。當「查理斯第二」號停靠在拉科魯尼亞港準備接旅客和裝貨物時，埃夫里煽動水手們譁變，他們已經有8個月沒有領薪水了，所以一呼百應。他們趁船長吉布森喝醉酒的時候，埃夫里和反叛者們悄悄地動了手，他們關緊艙蓋，偷偷地起錨，悄無聲息地向大海駛去。過了好久，吉布森船長才被船的擺動和甲板上船索扭動的聲音驚醒，他隨即在船長室內拉起警報來。

埃夫里聽到後，立刻帶著兩名叛亂分子趕到了那裡。

那個半睡半醒、一臉驚恐的吉布森船長問道：「到底發生什麼事啦？」

「沒什麼事。」埃夫里若無其事地說。

「船好像有些問題，怎麼搖晃得這麼厲害，是不是起風了？」

埃夫里回答說，「我們現在已經在海上了，天氣很好，托你的福，我們一帆風順。」

「什麼？在海上了！」船長一下子發狂了。「你們是怎麼搞的？」

「別急，讓我來告訴你，先把衣服穿上！」埃夫里擺出了一副無賴相。

「你應該明白，現在我已經是這艘船的船長了，你必須離開船長室，不要擋了我的財路！」埃夫里凶巴巴地說。

這位迷迷糊糊的船長此時才開始明白埃夫里講的這些話意味著什麼。埃夫里給他兩條路，他要嘛離開，要嘛加入他們，埃夫里還許諾，如果把酒戒掉，他還可以成為埃夫里的副官。吉布森船長既不願意幹掉腦袋的事，也不願意戒掉他的酒癮，最後，他和五、六個船員乘著小划艇返回了大陸。

從此，「查理斯第二」號改名為「幻想」號，換了船長，也換了旗幟，他們升上了一面紅底上標有四個銀色山形符號的旗子。他們繞過好望角開向馬達加斯加，直奔東方海域。在以後的兩年中，埃夫里的海盜船縱橫海上，所到之處無人敢與其爭鋒。埃夫里最先在佛德角群島劫持了三艘英國船，正式開始他的海盜生涯。他們把船上的食品和一切他們想要的東西洗劫一空，就直奔約翰納島而去。當他們在港口內修理船隻的時候，迎面駛來了一艘法國海盜船，埃夫里很快就把這艘船截獲。他不僅獲得了船上的財物，還將這艘船上的40名法國水手招在他麾下。這樣一來，「幻想」號實力大增，成為一艘強勁的海盜船。在約翰納島，埃夫里以公開信的形式寫了一份奇怪的文件，委託當地的土著首領，轉交給英國船長。他在信中聲明，自己無意與英國船或荷蘭船為敵，為了避免誤傷對方，請他們遇到「幻想」號時將船旗紮成球或捆掛在後桅的桅頂上，同時還必須將桅上的帆捲緊。可是這封信並沒有取得預期的效果，他很快成為英國政府通緝名單中的頭號罪犯，一直到死，都沒有獲得赦免。1695年8月，「幻想」號到達紅海海口時，又吸收了五艘海盜船，其中四艘來自美洲殖民地。埃夫里被推舉為這支龐大的海盜船隊的最高指揮。

那些一年一度的向東方印度運送財寶的船隊一共是25艘，全都在夜晚悄悄地駛過海盜控制的海域。當埃夫里第二天早上採取行動時，這些船已經走了很遠。一次，他們追擊一艘火力配備強大的巨型船隻「岡依沙瓦」號和護衛它的一艘小型的「法特‧默汗默德」號。埃夫里的快帆船「幻想」號首先截獲了「法特‧默汗默德」號，「法特‧默汗默德」號上的水手，沒有做任何抵抗就乖乖地投降了。埃夫里不費吹灰之力，就搶到了價值5萬英鎊的黃金和白銀。

埃夫里接著升起滿帆對倉皇逃脫的「岡依沙瓦」號緊追不捨。在離目的地印度蘇拉特還有八天的航程時，「幻想」號追了上來。這艘裝有62門大炮，上面有四、五百名槍手和600名旅客的大船，首先發起了攻擊。可是當它開炮轟擊海盜時，有一門大炮卻意外地爆炸了，四散飛濺的碎片當場砸死了三、四個炮手。船上一片混亂，海盜們趁機發射了一顆炮彈，準確地擊中了大船的主桅。接著，他們蜂擁而上，登上了「岡依沙瓦」號，與印度人展開了白刃戰。戰鬥持續了兩個小時，海盜們損失了20個弟兄，印度人由於群龍無首，他們的船長伊卜拉辛‧汗在海盜上船時，就逃到底層甲板，躲在一群他從麥加運回去準備作妾的土耳其姑娘堆裡不敢露面，所以他們被迫投降了。最終，這艘載有50萬塊黃金和白銀的寶船落入了埃夫里

的手裡。

　　海盜們對「岡依沙瓦」號和「法特‧默汗默德」號洗劫一空後，就把這兩艘船給放了，但是把船上的女人全都扣留了下來，一直到男人們都玩膩了為止。關於這些婦女的命運如何，後人不得而知。她們也許是被拋棄在留尼汪島上，也許是被拋到海裡餵了魚。「幻想」號在留尼汪島登岸分配搶來的財富，成年的海盜每人分了1000英鎊以上，外加一部分珠寶；16歲到18歲的男孩，每人分到500英鎊，那些更小一點的孩子，每人分到100英鎊。埃夫里自己則拿到了一個海盜船長應拿到的雙份。分完了錢財，海盜們說他們拿到這些錢財就可以在陸地上當學徒學一門正經的職業了，於是就決定洗手不幹了。

　　儘管埃夫里做了多方的努力，還是有50多名船員離開了這艘船。為了補充這些人的空缺，埃夫里弄來了90名非洲黑奴補充兵源。1696年4月，他帶著112名水手啟程，開始了前往巴哈馬群島的長途航行。在葡萄牙的聖多美島，埃夫里用一種相當於空頭支票的17世紀的匯票支付了一大筆貨款，為船隊補充了足夠的食物。當他們抵達丹麥所屬的聖‧湯瑪斯島時，他們以低價把一些竊取來的贓物賣掉，裝入了自己的腰包。到了巴哈馬群島後，海盜每人向尼古拉‧特羅特總督賄賂了20塊西班牙銀幣和兩塊金子，另外還給了他象牙和其他一些東西，全部價值7千英鎊。最後，他們還把「幻想」號船送給了他。尼古拉‧特羅特總督熱情地設宴款待他們，能成為一位殖民地總督家中的座上賓，可以說是埃夫里和他快樂的夥伴們一生中莫大的幸福了。他們決定去牙買加定居，他們向總督威廉‧比斯頓賄賂了2萬4千英鎊，可是總督還是拒絕了他們的要求。

　　埃夫里和他的水手垂頭喪氣地回到巴哈馬群島後，就拆夥了。有幾個人偷偷地溜到美洲並從此隱居起來，其中有一個還和賓夕法尼亞州州長馬卡姆的女兒結了婚，有一部分人又重新幹起了自己的老本行。有一個在新普羅維登斯安了家，由於在一次賭博中輸光了全部財產，變成了瘋子。另外一個在離牙買加不遠的地方被鯊魚吃掉了。其餘的人，包括埃夫里在內，大家一起湊錢買了一艘單桅帆船駛回大不列顛諸島。

　　1696年6月，當他們到達大西洋彼岸後，船上的船員那種揮金如土、紙醉金迷的表現立刻引起了當地人的注意。他們開始懷疑這些除了成箱的金子和銀子外，怎麼什麼貨都沒有的陌生人。當地的郡長立刻逮捕了幾個船員。一個叫約翰·丹恩的船員，把面值一英鎊的1045個硬幣，以及10個畿尼全都縫在他外衣的夾層裡，這件幾乎有20磅重的衣服，被他所下榻的那家客棧中的女服務員發現了，並偷偷地告訴了市長，於是丹恩就在羅徹斯特被捕了。在布里斯托爾和倫敦，金銀首飾商和珠寶商都來告發說有陌生的水手前來變賣外國金幣和寶石。這樣，大部分海盜都落網了。埃夫里手下一共有24人被捕，6人被絞死，其餘大部分被放逐到佛吉尼亞當勞動囚犯了。

　　埃夫里卻一直沒有被抓到，他駕著單桅船在愛爾蘭多尼戈爾郡的倫敦德里西北30英里的鄧發納吉靠岸之後，就神秘地消失了。按照笛福的說法，埃夫里來到德文的比德福，和幾個當地的商人洽談買賣，準備出售他的贓物，這些商人把他的財寶全部拿到手之後，卻拒付全部款項。當埃夫里要求他們把欠他的錢還給他時，他們就以告發威脅他。埃夫里最後落得赤貧如洗，過著乞丐的日子，臨死前連買口棺材的錢都沒有。

第五節 不愛財寶的海盜探險家

有的海盜將金銀財寶當作自己畢生追求的目標，可是有的海盜卻視金錢如糞土，他認為氣象、水文現象和海洋的動植物要比那些金錢和珠寶重要得多。威廉·丹彼爾就屬於這種異類海盜典型的代表。

他是一個英國人，1652年出生，在印度洋上當過見習水手，後來又應召入伍成了一名皇家海軍，曾經在英荷海戰脫穎而出。他是一個思想敏銳、性格豪放的年輕人，總是有問不完的問題，和軍隊刻板的作風格格不入。

在他21歲那年，他加入了西印度群島的一個海盜集團，四處襲擊西班牙的船隻。1683年，他又與同伴們一起轉移到幾內亞灣進行打劫，經常來往於南美沿岸攻擊西班牙商船。憑藉他過人的膽識和才幹，很快就成為船長。

威廉·丹彼爾是一個喜歡安靜的人，每當別的海盜在甲板上狂飲濫賭的時候，他則把自己關在船長室，埋頭整理研究筆記。他十分勤奮地搜集各種海洋資料，對氣候和地理有一定的研究。經過多年的觀察，他總結出颱風是一種大規模類似於旋風的氣旋運動，並重新繪製了太平洋沿岸島嶼及南美洲海岸線的地圖。沒過多久，他的知識水準竟比那些在象牙塔裡的書呆子，在大英博物館埋頭苦讀十年的收穫還要多。

由於打劫了太多的西班牙船隻，他不敢冒險穿過西班牙的封鎖線回到歐洲。無奈之下，他只好繼續向西橫渡太平洋了，整整三年時間他都在馬利安納群島和菲律

賓一帶遊蕩，還曾經到達過台灣海峽。

1688年春天，丹彼爾的船來到一塊地圖上從來沒有標註的陸地，他雖然無法確定這是一個大島還是一片大陸，但他還是下了斷言，「這裡既不屬於亞洲也不屬於菲律賓群島，而是獨立的一片區域。」在逃亡過程中，他很少在某個地方長期停留，就這樣經過長達數年的「環球航行」，在1691年，丹彼爾終於回到了他日思夜想的倫敦。

他雖然沒有像別的海盜那樣，獲得了價值連城的珠寶，可是他為人類貢獻了一筆無形的財產。丹彼爾把自己累積多年的資料整理好了，並於1697年出版了《新環球旅行記》，進而獲得很大的轟動，丹彼爾也因此一舉成名。

當丹彼爾1699年再次出航的時候，已經不再是海盜的身分，而是一名皇家海軍軍官，負責指揮「羅巴克」號軍艦考察南太平洋。在這裡，他終於找到了施展自己能力的舞台。1700年2月中旬，他又來到了當年那片只有「一面之緣」的神秘陸地，他安排了各種考察，在丹彼爾考察了近1000公里的海岸線之後，他認為這裡根本不是島嶼，而是一片廣闊的大陸。他以英國女王的名義宣佈這塊新大陸為大英帝國的領土，並命名為「新大不列顛」，也就是今天的澳大利亞。丹彼爾在接下來的航行中，還發現了一系列的群島和海峽，透過不懈的努力最終給世人呈現了一張完整的南太平洋海圖。1700年，丹彼爾回國之後，發表了著名的《風論》，對諸多氣象規律進行了科學的總結，成為海洋氣象學史上不朽的名著。

1708年，丹彼爾又參加了伍德羅‧羅吉斯船長的考察隊，進行了一次環球航行，1709年1月，他們來到了智利附近一個叫胡安‧菲南德的荒島時，發現了一個

身穿羊皮的「野人」。在他們的悉心照料下，過了一個星期，那個人恢復了說話能力，告訴他們說，自己是蘇格蘭人，名字叫亞力山大‧塞爾科克，四年前因為和船長發生糾紛而被遺棄在這個荒島上，他憑藉旺盛的求生本能和驚人的毅力在這裡生活了四年零四個月。後來，作家丹尼爾‧笛福根據塞爾科克的事蹟改編成了《魯濱遜漂流記》，在文壇上引起了轟動。

1715年，63歲的丹彼爾在倫敦病逝，雖然他曾經是一名海盜，不過，他對科學所做的巨大貢獻還是令人矚目的。每當人們提起丹彼爾的名字時，最先想到是「探險家」而不是「海盜船長」。

在丹彼爾的一生中，無論處於何種環境下，他的那顆熱愛科學、勇於探求未知的心都沒有改變過。丹彼爾當年在澳大利亞第一次登陸的地方被命名為丹彼爾地，地圖上，至今還有「丹彼爾群島」和「丹彼爾海峽」的名字，並以此來紀念這位偉大的「海盜探險家」。

第四章

海盜們的另類人生

> 「女性並不只是代表柔弱,在她們的內心裡,仍然保留著一種嬌柔和堅強相混合的情感。」
>
> ——喬·湯瑪斯

她們,有著巧奪天工的細緻容顏;她們,擁有令人迷炫的光環;她們,純真中帶著嫵媚、狂野中含著溫柔;在海上漂泊的女海盜們,始終都是海盜中的一束絢麗的玫瑰。也正是有了她們的加入,海盜生活才會變得如此絢麗多彩、纏綿悱惻……

第一節　帶胸罩的海盜

婦女們從事航海職業在以前是很少見的,如果說女性要從事海盜營生的話,更是天下奇聞。安妮·波尼和瑪麗·里德就是海盜中的傳奇人物,她們巾幗不讓鬚眉,稱雄整個加勒比海地區。

安妮·波尼是愛爾蘭人,她的父親是當地一個很有名望的律師,名字叫威廉·科馬克,母親則是父親家中的一個女僕,名字叫佩格·布倫南,有這樣一個私生女的出世,當然十分有損於她父親的聲譽。面對著巨大的輿論壓力,威廉·科馬克索性帶著他的情婦和女兒離開英國來到了北美南卡羅來納的查爾斯頓,並在那裡改行成了商人,經過幾年的打拼,威廉·科馬克積蓄了一筆可觀的財產,成了當地小有

第四章　海盜們的另類人生

名氣的財主。在安妮10歲時，母親就去世了，是父親一手將她拉拔長大的。長大後，她出落成了一個美麗的姑娘，可是性情卻是十分暴躁和兇狠。一次，她與僕人發生口角，竟用刀刺傷僕人的女兒。還有一次，一個花花公子企圖非禮她，沒想到卻被她痛打了一頓。

安妮身邊不乏追求者，最後她和一個叫詹姆斯·波尼的窮小子結了婚，但是婚後的生活很不如意。在美洲東部沿海地區，有一個叫約翰·拉克姆的海盜看上了她，千方百計地接近她。約翰·拉克姆英俊瀟灑，揮金如土，他整天圍著安妮轉，用盡心思哄她開心。這個天生就具有海盜天賦和才能的人最終贏得了安妮的芳心，他從那個窮小子身邊搶走了安妮，並帶著她遠走高飛。

約翰·拉克姆十分愛安妮，不管是在船上還是在陸地上，他的腦子裡除了安妮·波尼以外，從來就沒有別的女人。安妮對第一次的婚姻並不感到後悔，但是她更願意與這位一心愛著她的海盜同甘共苦。蜜月剛過，安妮就跟著海盜丈夫上了船，死心塌地的過起了海上的顛簸生活。不久，安妮懷孕了。約翰把她帶到他在古巴島海岸的一處小莊園，並答應好好照料她和未來的孩子。但是安妮忍受不了那種平靜、寂寞的生活。過了不久，她又重新回到了海上，漸漸地她也迷上了海盜這一行。在每次的海盜行動中，她都表現出了超乎尋常的勇敢和智慧。一次，安妮悄悄地溜上了一艘被譽爲是加勒比海上最快的船，摸清了對方兵力的分佈情況和換哨的時間。子夜時分，安妮和約翰帶領幾個夥伴悄悄摸上了這艘船，安妮一手持刀，一手提槍，乾淨俐落地解決了兩名站崗的哨兵。接著，他們很快劫持了這艘快船並消失在茫茫的夜色中。

　　這種殺人越貨的日子註定是無法長久的，風險會時刻光顧她。1720年10月，他們在牙買加附近的水域，遭到了一艘裝備優良的英國軍艦的突擊。當時約翰的船正在牙買加近海處拋錨，英國皇家海軍軍艦出現在他們面前時，海盜們已經喝得爛醉如泥，根本無法投入戰鬥，只有安妮和瑪麗進行了奮勇抵抗，她們一邊戰鬥一邊高呼：「起來呀，像個男子漢那樣戰鬥啊！」最終，她們寡不敵眾，戰敗後全部被逮捕，帶到牙買加，後來轉交法庭審判，都判了死刑。當約翰被押赴刑場時，安妮還對他說：「在這裡看到你我感到很難過，約翰，但如果你像個男人那樣戰鬥，你就不會在這兒像狗一樣地被吊死。」

　　安妮‧波尼宣稱自己已經懷孕，避免了立即被絞死的厄運。後來她生下一個孩子，由於某種原因，她的死刑又得到了延緩。後來，安妮神秘的失蹤了，人們再也沒有聽到她的消息。

　　和安妮一起的女盜，也是她的密友瑪麗‧里德，卻沒有她那樣幸運，最終因罹患熱病而死在牢裡。

　　瑪麗‧里德的一生更是充滿了傳奇的色彩，她17世紀末出生在英國倫敦，父親在她出生後不久丟下她們母女出海了，從此再也沒有回來。瑪麗‧里德的母親被人稱爲是「年輕快樂的寡婦」，從小就把她裝扮成男孩。13歲的時候，她去給一名法國女人當「男僕」，瑪麗忍受不了那個女人的頤指氣使，在一個晚上離開了那裡。從此之後她四處流浪，稍大一點的時候，他又女扮男裝，到一艘軍艦上當了一名見習水兵，可是兵營單調乏味的生活根本不適合她的胃口，她又輾轉來到了佛蘭德爾，在一個步兵團裡當一名士兵。她參加過幾次規模很小的戰鬥，表現得很勇敢，

所以從步兵團轉到了騎兵團，當上了一名騎兵。就在此時，她遇到了心中的白馬王子。那個英俊的男子是她的一名戰友，於是瑪麗‧里德公開了自己的真實身分。當她脫下軍裝，換上裙子時，整個軍營都轟動了。他們在軍營裡舉行了婚禮，人們爭相前去祝賀，都想一睹新娘子的風采。那些軍階較高的軍官也都成了他們婚禮的座上賓，給這對新人致上誠摯的祝福。這對傳奇的情侶，婚後定居在荷蘭的布雷達，他們開了一家小旅館，開始了新生活。令人感到不幸的是，瑪麗‧里德的丈夫不久罹患熱病去世了。為了生計，她重新裝扮成男子到處漂泊，她曾再次到軍營服兵役，可是過了不久她又再度離開。最後，她在開往安德列斯群島的一艘荷蘭船上當上了一名水手。在隨船前往加勒比海的途中被約翰‧拉克姆，即安妮的丈夫這群海盜劫持了，於是她入夥成了海盜中的一員，就這樣命運把安妮和瑪麗這兩個女人連在一起。在接下來的海盜生涯中，瑪麗最終找到了施展自己能力的舞台，她參加了海盜的幾次搶劫戰，每次都身先士卒，據說在殺死對手之前她常常會裸胸相向，以此向其證明他們是被一名婦人所殺。一次，他們截獲了一艘商船，船上有一個外表英俊、氣度不凡的青年紳士，吸引了瑪麗的注意，瑪麗偷偷地愛上了他。後來，這個青年和一個海盜發生了爭執，雙方互不相讓，最後決定進行決鬥。根據海盜的傳統，所有人都不准在船上進行決鬥。所以他們將船停靠在附近的一個島嶼旁，兩人決定上岸進行決鬥。瑪麗認為她的情人不是那個人的對手，考慮再三，決定為她所愛的人進行決鬥。經過殊死的搏鬥，她最終用劍和槍殺死了她的對手。可是她最終也沒有贏得那個男子的歡心，她一氣之下殺死了那個年輕的紳士。之後，她又經歷了幾段愛情，最終嫁給了一名強盜。

當瑪麗‧里德以海盜身分被判刑時，她在法庭上做過這樣的陳述：「其實絞刑

並沒什麼可怕的。要不是有絞刑，那些膽小的人也可以成為海盜，那麼勇敢的人就找不到用武之地了！」法庭對瑪麗還是相當寬容的，但最終還是沒能找到能夠開脫她的有利資料，只好判了絞刑。由於她當時已經身懷六甲，所以緩期執行，可是還沒等到孩子出生，她就因熱病死在牢裡。

安妮‧波尼和瑪麗‧里德是一對可怕的女海盜，她們在1720年10月對一艘商船的搶劫中，她們的瘋狂、兇殘個性格外引人注目。在那群海盜中，沒有一個人能比這對海盜更使人魂飛魄散了，一位驚魂未定的乘客在事後回憶說：「她們比那些男性強盜要野蠻十倍，只有那高高的胸部才使我相信她們是女的。」

第二節 海盜女王卡塔琳娜

　　在眾多的女海盜當中，有一個勇敢又美麗的西班牙少女最引人注目。她一頭飄逸的紅髮，像一團烈火將整個南大西洋燒得火焰沖天。她還有一段坎坷的人生經歷，但她從來不向命運屈服，憑藉堅強的意志燃燒了自己全部的熱情和青春，她就是著名的西班牙海盜女王唐‧埃斯坦巴‧卡塔琳娜。

　　18世紀中葉，卡塔琳娜出生在西班牙巴賽隆納的一個船王的家中，父親對她十分喜愛，從小就對她進行了正統的貴族教育。這樣，就使得她具有了天生的貴族氣質，與那些來自社會底層有一身無賴習氣的英國海盜截然不同。父親把她看成了家族的希望，因而對她的要求很嚴格，可是卡塔琳娜天生就是個活潑好動的女孩，整天和一群男孩子在一起舞槍弄棒，沒有一點淑女的樣子。

　　她從小就跟著哥哥練習武術，無論是劍術還是槍法都達到了爐火純青的程度。在她18歲的時候，父親實在是無可奈何了，決定把她送到修道院去，希望那裡的清規戒律能夠給她一些約束，使她那種天不怕、地不怕的個性有所收斂。

　　然而，讓她父親大失所望的是，這個天生就嚮往自由的女孩，根本無法忍受這種半囚禁式的生活。卡塔琳娜狠下心來，剪去了自己那一頭漂亮的紅色長髮，女扮男裝，逃出了修道院。從此以後，這位富家的千金開始了流浪的生涯。

　　為了維持生計，她從事過許多職業，在郵局裡當過郵差，在酒吧裡當過夥計，幹過水手，也參加過盜賊團。19歲時，卡塔琳娜來到了秘魯，她成功地隱瞞了自己

第四章　海盜們的另類人生

的身分加入了陸軍。當時的軍隊，不公平的事件屢有發生，長官剋扣軍餉，中飽私囊，他們還仗勢欺人，動輒對士兵施以打罵，性如烈火的卡塔琳娜自然不甘受辱。一天晚上，軍隊爆發了大規模的暴動，她一怒之下殺死了任駐軍副司令，並和副官激戰在一起。當時月黑風高，誰也看不清對方的臉孔。一時間劍光縱橫，兩人殺得難分難解。經過一場激烈的戰鬥，卡塔琳娜慢慢地佔了上風，她抓住對方的一個破綻，一劍刺中了副官的咽喉。可是在她還沒來得及歡慶勝利時，就驚訝地發現倒在血泊中的正是她那參軍多年的哥哥。卡塔琳娜悲痛欲絕，她深深地陷入自責和悔恨之中。她率眾叛亂，闖下殺身大禍，只得連夜逃離了駐地，萬般無奈之下加入了海盜同夥。

在茫茫大海上，性格豪爽的卡塔琳娜很快地和海盜們打成一片，海盜們對她嫻熟的武藝和高超的航海技術深為嘆服，她也十分欣賞海盜們的誠懇與直率。海盜們一直都把她當成兄弟看待，他們一起大口喝酒，大碗吃肉，有時還在一起談論女人，說髒話。在一次海戰中，他們的船長中彈身亡了，在危急時刻，卡塔琳娜挺身而出，帶領海盜贏得了勝利。戰鬥結束後，她成了無可爭議的船長，直到這時，同伴們才驚訝的發現和他們朝夕相處的新船長原來是一個離家出走的千金小姐。在卡塔琳娜的領導下，海盜的隊伍日益壯大，在鼎盛時期，她擁有十艘樓船和上千名手下。卡塔琳娜縱橫馳騁在南大西洋上搶劫了大批的船隊，那些企圖和她爭搶地盤的英國海盜全部都俯首稱臣，成了她的手下敗將。

這位海盜女王，心中無時無刻不在思念自己的祖國，她從來沒有襲擊過一艘西班牙船隻，還經常向那些落難的西班牙商船伸出援手。當時的海上霸主英國對這位「海盜女王」深惡痛絕，他們吃夠了卡塔琳娜的苦頭。英國向西班牙政府施加壓

力，要他們幫助消滅卡塔琳娜。在卡塔琳娜從事海盜生涯的第十個年頭，她的隊伍被西班牙艦隊擊潰，而這位綽號「火色女郎」的海盜女首領也被帶回馬德里受審，法庭經過一審判決判處她死刑。消息傳來，舉國震驚，民眾紛紛走上街頭，聲援卡塔琳娜無罪，這件事還驚動了國王菲力浦三世，在他的干預下法院重新審理了案件，最終卡塔琳娜被無罪釋放。國王親自召見了這位「西班牙女英雄」，還賞賜給她一塊封地和大筆的金錢。從此，卡塔琳娜一直住在封地裡，終生未嫁。

第四章　海盜們的另類人生

第三節 海上之王的浪漫史

　　位於今天馬來西亞沙澇越北部的巴拉巴克海峽之中的巴拉巴克島，可謂是一個名副其實的「海盜之島」，這個島曾一度爲馬來海盜所控制，島上的首領有三個美麗的女兒，其中當數阿羅‧達托艾最討父親的歡心了。19世紀下半葉的20年間，阿羅‧達托艾率領一個海盜集團在菲律賓群島沿岸進行搶劫活動，她的足跡甚至達到了馬尼拉。那些裝滿絲綢、黃金、瓷器的中國商船和裝滿咖啡、蔗糖的歐洲船隻以及沿海的村莊常常成爲她襲擊的目標。她通常採取綁架人質進行敲詐勒索的方法搜刮財富，每次劫持人質，她都按照當時南海地區流傳的風俗，把遇難者的耳朵割下來寄給他的家人進行威脅。1860年左右，一位富裕的西班牙甘蔗商維克多列斯被阿羅‧達托艾俘虜，他在賊窩裡度過了膽顫心驚的3個月，後來他把這些見聞都記錄了下來。

　　當時，他被裝在一隻密閉的箱子裡，根本不清楚自己將被押往何處，一路上他都忐忑不安，生怕自己被這些亡命之徒殺人滅口。他忍受著炎熱和蚊蟲的叮咬，蜷縮在箱子裡動也不敢動。到了海盜島之後，令他出乎意料的是，海盜們不但沒有虐待他，還對他進行了友好的接待。海盜們才捨不得殺他，他們想用他做人質敲詐一大筆贖金。這位身體發福、樂觀豁達的中年人很快就博得了海盜們的好感，他和馬尼拉的上層社會很熟，經常出席各種宴會，每次他給海盜們講這些他們前所未聞的趣事，海盜們都聽得津津有味，就連阿羅‧達托艾自己也被他講的故事逗得笑出了眼淚。

第四章　海盜們的另類人生

1866年，西班牙政府決定對菲律賓地區的海盜進行徹底的清剿。法蘭西斯科·帕維阿率領由志願者組成的討伐隊向海盜們的根據地棉蘭老島進發。這些由來自不同國家的青年軍官所組成的討伐隊所向披靡，經過一連串的流血戰鬥之後，海盜們的據點被他們一一攻破。海盜們被迫從秘密通道向島嶼的深處撤退，當西班牙人殺上島來以後，這些走投無路的海盜們全都集體自殺了，其中就包括阿羅·達托艾。

維克多列斯被討伐隊解救出來後，向人們講述了一個阿羅·達托艾曾經講給他聽的關於海盜的愛情故事——

西班牙殖民者由於發了橫財，經常受到馬來亞海盜的劫持，就連西班牙要塞司令的女兒，漂亮的多洛莉絲也沒能倖免。多洛莉絲在16歲時就已經出落成一位人見人愛、美若天仙的少女，令周圍的海盜垂涎三尺。她的父親卡爾瓦霍爾先生指揮6門大炮和30名士兵，憑藉手中的軍事力量他根本不畏懼任何海盜。卡爾瓦霍爾極其自負地認爲，單憑一面西班牙國旗就足以保障他女兒的安全。因此他給女兒提供了較多的自由活動的時間。多洛莉絲是一個虔誠的教徒，她每天都要到村邊花園中的小教堂去做禮拜，黃昏的時候經常和男朋友到岸邊的岩石間散步。

有一天黃昏，多洛莉絲出去許久都沒有回來。她的父親帶領30名士兵沿海岸整整找了一夜，直到清晨時才在一道石縫裡發現了一具年輕人的屍體，多洛莉絲的披肩被丟棄在地上，上面血跡斑斑，而她本人卻蹤影全無。卡爾瓦霍爾從夜間捕魚歸來的馬來亞漁夫口中得知，不久前剛剛有兩艘船駛離了這裡，他們行色匆匆，船艙裡還不斷傳來女子的哭泣聲。卡爾瓦霍爾推斷女兒一定是遭到了海盜的綁架，不住地頓足捶胸，爲自己的疏忽大意追悔莫及。西班牙要塞司令的女兒被海盜綁架的消

息傳遍了整個菲律賓，可是總督卻對此事無動於衷，他根本不想為了一個姑娘，哪怕是世間最迷人的姑娘去得罪那些殺人不眨眼的東南亞海盜。他認為，海盜們雖然禍害百姓，搶劫商人的財物，但卻從不騷擾西班牙軍隊和牧師。這次，海盜們既沒有襲擊兵營，更沒有搶劫教堂，自己何必去淌這個渾水。西班牙殖民政府與馬來亞海盜間的這份默契由來已久，雙方都嚴格地遵守，從來不越雷池半步。況且，西班牙艦隊還擔負著比這件事還重要的任務，再說，卡爾瓦霍爾連誰綁架了他的女兒都沒有弄清楚，那麼多的海盜同夥很難分辨誰是主謀。

經過了一段時間之後，卡爾瓦霍爾從過往的商人和水手那裡打聽到，他的女兒被關押在霍洛島上。這座島上戒備森嚴，即使「巴達維亞」的荷蘭人攜帶著武器也無法從這裡逃生。那些經過霍洛島的運輸船必須得到霍洛蘇丹的特別許可，才能通行。蘇丹是這片海洋至高無上的主宰，當時只有中國人與蘇丹保持著友好關係。那些船主們通常都花重金雇傭中國人，在他們的幫助下透過蘇丹控制海域。

悲痛欲絕的卡爾瓦霍爾後來得知，他的女兒並沒有受到任何的傷害，她現在生活在蘇丹一位高級官員的府邸。這位大官就是擔任司法官員的米拉瓦雅爾，他十分喜歡多洛莉絲，他讓僕人給姑娘穿上用東方絲綢做成的衣服，每天錦衣玉食，像一個皇室的公主。米拉瓦雅爾還日夜期待著她有朝一日能夠同意嫁給他。

卡爾瓦霍爾決定不惜一切代價把女兒贖回來，他找到了一位曾經與海盜打過交道的老朋友到島上去說情，結果無功而返。那裡的人表示絕不會把姑娘放回來。時間一天天過去了，在菲律賓的西班牙人慢慢地遺忘了那位被綁架的少女，他們已不再關心這位少女的命運了。可是在西班牙國內，人們卻是群情激憤，他們認為海盜

們簡直是膽大包天，連要塞司令的女兒都敢綁架，一般僑民的命運可想而知。他們強烈要求政府採取強硬態度，不能再這樣縱容下去了。在社會輿論的壓力下，總督不得不有所表示，他派了一位離職官員到霍洛島蘇丹那裡建議用重金贖回多洛莉絲，結果碰了一鼻子灰。菲律賓總督沒有辦法，只好賣弄了一下軍事實力，他命令西班牙戰船在霍洛島附近示威，但絕對禁止實質性接觸。總督只是想壓一壓蘇丹的氣焰，根本不想引起軍事衝突。蘇丹對此事保持了謹慎的態度，他一直隱忍不發，沒有給對方挑釁的藉口，西班牙船隻無功而返。

多洛莉絲雖然無法獲得自由，但她卻不甘心屈從於命運的安排，她一直尋找機會準備逃離這裡。這時候，少女的命運出現了轉機。一個從菲律賓伊洛伊洛島來的癡情的西班牙小伙子馬爾季涅斯決定英雄救美。馬爾季涅斯是一個地位卑微的漁夫，他經常在村子裡看到多洛莉絲，對她傾慕已久。多洛莉絲被綁架的消息使他非常震驚，他決心親自駕駛自己的那艘兩桅帆船，單槍匹馬把心上人從海盜手裡救回來。這個想法看起來也許缺少理智，但他絕不會放棄，他要讓那個美麗的女人成為他的妻子，即使是付出生命也在所不惜。

馬爾季涅斯來到霍洛島以後，他憑著自己三寸不爛之舌到處結識對自己有用的人。他不但取得了當地商人們的信任，還贏得了海盜們的心。關於這個年輕海員的傳奇故事很快也傳到了米拉瓦雅爾的耳朵裡。當時，多洛莉絲正厭倦了整天和自己的宮廷學者、大鬍子阿薩姆辯論哲學問題，想換一個樂觀、活潑的人。米拉瓦雅爾認為這個海員是最合適的人選，況且他又是多洛莉絲的老鄉，見了老鄉或許能夠高興起來。就這樣，馬爾季涅斯很快就成了多洛莉絲無話不談的好友。

　　馬爾季涅斯決定利用米拉瓦雅爾常到一個小島上看淘金的機會採取行動。他讓多洛莉絲請求米拉瓦雅爾帶自己一起去看淘金，司法官員只是略微猶豫了一下，就同意了心上人的請求。兩艘船一前一後來到了小島上。多洛莉絲藉口走累了，就躲進岸上的棕櫚樹的樹蔭裡休息，米拉瓦雅爾只好獨自去看淘金。他剛一走遠，馬爾季涅斯立即帶那個少女坐上一艘小艇，登上了他的帆船。起初並沒有引起侍從們的懷疑，當他們揚起風帆時，侍從們才感到有些不妙，急急忙忙地向主人通報。這時，海上颳起了大風，帆船很快就消失在茫茫的大海上。狡猾的米拉瓦雅爾得知情況後，他急忙返回霍洛島，騎上一匹蘇丹最好的馬迅速穿過小島向另一側的海岸奔去，他決定在海角處進行攔截。航行了一會兒，多洛莉絲和馬爾季涅斯看到後面沒有追兵，也就放鬆了警覺。他們相信一定能成功逃出海盜的手掌心。當駛過霍洛島最後一座山峰時，風停了下來，當他們將帆降了下來，準備用槳划行時，發現追兵已經來到了面前。顯然他們對馬來亞海盜的狡猾和豐富的航海經驗估計不足。馬爾季涅斯意識到他們根本無法逃脫了，但他還是像一名真正的西班牙騎士那樣決定抗爭到底。他讓多洛莉絲躲進船艙裡，自己則向快速接近的海盜船射擊。但是彈藥很快就用完了，馬爾季涅斯只好束手就擒。

　　最後，司法官員原諒了自己的心上人，多洛莉絲也徹底斷絕了逃亡的念頭，她甚至開始像當地人一樣來打扮自己，還學會了往頭髮上抹橄欖油。後來還為自己的馬來亞丈夫生了幾個孩子。一些見過多洛莉絲的歐洲航海者說，她略微發福了一些，但仍然很漂亮。多洛莉絲常常向他們打聽故鄉和父親的消息，但從來沒有表露出要離開新家的願望。看來，她生活得很幸福。

第四章　海盜們的另類人生

第四節 出身於海盜的誥命夫人

　　清朝嘉靖年間，在珠江口上出現了一位叱咤風雲的女海盜，她就是中國南海海盜集團的一個重要首領——鄭一嫂。

　　鄭一嫂本姓石，乳名香姑，係廣東新會籍蜑家女。她天生麗質，聰慧豁達，雖然沒有受過正規的教育，但也略通文墨。她從小就和父親一起出海，風裡來，雨裡去，不但增長了見識，還練就了一副好身手。

　　鄭一嫂出身於珠江口鄭、馬、石、徐四大蜑戶的石家。蜑戶是對漁家船民的一種賤稱，他們生活在社會的最底層，過著顛沛流離的生活，受盡了地主惡霸的欺凌，因此，他們充滿了反抗的精神。蜑戶人家喜群居，善組團，俠義豪爽，他們往往成為中國沿海一帶海商或海盜集團的社會基礎。

　　在清朝，大多數海盜都是難以忍受剝削的蜑戶。由此可知，在鄭一嫂的身上，天生地流淌著與珠江水相交融的英雄血液。

　　在石香姑23歲那年，她嫁給了當時著名的海盜首領鄭一。鄭一是鄭成功的後代，在鄭克塽降清以後，鄭氏家族的一支就來到了珠江口一帶，操起鄭芝龍時代的海商祖業。他長得高大威猛，為人性情豪爽，打起仗來無人能敵。在珠江口上，他結識了石香姑，香姑迷人的美貌、潑辣的個性，使鄭一無不為之傾倒。可是他們之間畢竟隔著一道障礙，鄭一是海盜，而香姑只是蜑家船老大的女兒，民與盜之間，

隔著一條天然的鴻溝。

鄭一幾次去石家提親，都遭到了拒絕。在鄭一心灰意冷準備放棄的時候，一個偶然的機會，使鄭一實現了他的心願。

一天，香姑親自來到船上，她跪在鄭一的面前，請求他出手幫助自己的父親。原來，官府看到石氏家族日漸成勢，就決定對其進行彈壓，不但對石家的漁獲等壓價，還對石家出海捕魚做出了種種限制。香姑的父親不甘忍受欺壓，就來到衙門評理，不僅沒有討回公道，還被押進了大牢。

石家頓時亂成一團，只有香姑富有主見。她親自找到鄭一，尋求他的幫助，並許諾事成之後以身相許。鄭一慨然允諾，他親自帶人衝入縣衙，打開大牢救出了奄奄一息的蜑家船老大。香姑的父親深爲感動，他最終決定把女兒嫁給了鄭一。

在當時的南海上，有六個海盜幫。鄭一爲紅旗幫，此外還有黑旗幫、白旗幫、黃旗幫、藍旗幫、綠旗幫。石香姑嫁鄭一後，叫鄭一嫂，她清醒地認識到，海盜們各行其是、互不統屬的局面必須改變，只有組成了一個強大的聯盟，才能稱雄海上與官府對抗。她以敏銳的政治嗅覺和高超的外交手腕，來往於六旗之間，並最終促成六旗的聯合。六旗聯盟形成後，把東海和南海的海商事業推到了一個高峰，六旗幫雄踞東、南海上，其影響遠出東南亞，直達東非海岸。

正當鄭一的海商事業蓬勃發展的時候，誰知天意弄人，他在一場強烈颱風中墜海身亡，年僅42歲。

鄭一死後，鄭一嫂成爲紅旗幫的領袖，在她的帶領下紅旗幫隊伍迅速壯大。在

她的經營下,紅旗幫有大小船隻五六百艘,部眾三四萬人。他們以香港大嶼山為主要基地,在香港島有營盤,有造船工廠。鄭一嫂對西方先進的科學技術十分關注,她千方百計弄來一些威力強大的西式武器來裝備自己的戰船。一次,跟英國戰船交火後,她認真觀察對手所遺彈頭,發現英國人發射的是最新研製的24磅炮彈,幾個月後,她的船隊便裝備了此種新式大炮。鄭一嫂主持大局後,一連劫得了好幾次大票,收穫頗豐。他們把英國人格拉斯綁架後,勒索了400多萬英鎊,使外國商人尤為震驚。嚐到了甜頭之後,他們把目光瞄準了外國船隻,並綁架外國人,讓其花鉅資來贖。當時,橫行海上的英國、葡萄牙等國船隻在南中國海屢屢被搶。

鄭一嫂日益猖獗的海上搶劫活動,使清政府感到十分不滿,他們派水師前來圍剿。可是大清水師與紅旗幫裝備精良的戰船根本無法相比,戰事一開,便屢戰屢敗。鄭一嫂不但屢敗官軍,甚至還重創葡澳艦隊,紅旗幫把澳門圍困得幾近斷糧。面對英國艦船在中國的水域內橫衝直撞,鄭一嫂還在1809年痛擊了廣州內河的英國船隻,俘獲一艘英艦,斬殺數十英國士兵,令英軍震驚。

在鄭一嫂領導的紅旗幫內,大名鼎鼎的張保仔是她得力的助手。他原是江門蜑家子,在15歲那年,他在內河被鄭一擄走,淪為海盜,深得鄭一的歡心,被鄭氏夫婦收為養子。他憑藉剛強幹練的性格很快就躋身於紅旗幫核心領導層,鄭一死後,他成了鄭一嫂最為倚重的心腹,兢兢業業地貢獻出了全部聰明才智,出面為養母有效地廓清了六大幫派群龍無首的混亂局面,並把鄭一嫂推上了總幫主的寶座。

清政府的水師屢遭敗績,便和英國侵略者勾結起來,試圖藉列強的力量來消除禍患。1809年秋,清政府聯合英國、葡萄牙共同組成了聯合艦隊,想要突襲大嶼山

一舉消滅紅旗幫。鄭一嫂得到情報後，火速調集人馬，親自坐鎮大嶼山與敵軍主力周旋。她用「圍魏救趙」之計，派海盜主力奇襲廣州城，並擊殺了虎門總兵。聯合艦隊害怕被斷了後路，急忙撤退，不料在撤退的途中又進入了紅旗幫的包圍圈，雙方激戰九個晝夜，聯合艦隊元氣大傷。他們被殺得丟盔棄甲，只有幾艘艦船倖免，狼狠逃回廣州。

紅旗幫威名大震，使清廷無不駭然，急忙派出大軍前去征討。紅旗幫在鄭一嫂和張保仔的指揮下，將前來圍剿的官軍打得落花流水。他們殺死了浙江水師提督徐廷雄和虎門總兵林國良，還生擒了廣東水師提督孫全謀。在香港大嶼灣，擊沉了清朝水師二十多艘戰船，繳獲了三百多門火炮。

其中影響最大的一次戰役，是紅旗幫擊敗了中葡聯軍的聯合圍剿。清朝水師和屢遭劫掠的澳門葡萄牙人會合，一度將紅旗幫的主力船隊封鎖在大嶼山島，歷時八天。鄭一嫂有如神助，她和張保仔算準風向與潮汐，集結了三百艘大船和一千五百多門火炮，率領部卒兩萬人，突出重圍。海面炮矢橫飛，硝煙四起，紅旗幫所向披靡，無人敢攖其鋒。

後來，紅旗幫的內部出現了衝突和分化，黑旗幫老大郭婆一向覬覦鄭一嫂的美色，三番五次地向鄭一嫂提親。鄭一嫂不願嫁給他，於是惱羞成怒，導致了內訌。後來，清朝政府採取了「懷柔政策」，黑旗幫接受了招安。做為六旗聯盟的第二大幫黑旗幫投降了清廷，大大削減了鄭一嫂和張保仔的力量。在迫不得已的情況下，紅旗幫也開始準備接受朝廷的招安。

當時廣東總督百齡極力主張對紅旗幫進行招安，鄭一嫂就夜闖總督府，與百齡

進行談判。她運用了高超的談判技巧，逼迫百齡接受了一個對紅旗幫十分有利的招安條件，促成了此事。清朝的招安條件雖然放得很寬，但是招安時海盜們必須下跪。這是讓海盜們最無法接受的，他們一向看不起清朝水軍，如果讓他們向昔日的手下敗將下跪，簡直是莫大的侮辱。老奸巨猾的兩廣總督百齡這時提出了一個折衷的方案：由皇帝賜婚，准予鄭一嫂與張保仔結爲合法夫妻，鄭一嫂和張保仔跪拜謝恩，也算是跪拜著接受招安了。

　　招安後，張保仔被封爲三品官，後升爲從二品，調到福建閩安、澎湖等地任副將，鄭一嫂被封爲誥命夫人。海盜接受了招安，避免了更多平民百姓的傷亡，鄭一嫂功不可沒。三十年之後，鴉片戰爭爆發時，鄭一嫂還爲林則徐抗擊英軍出謀劃策，成爲一位偉大的民族英雄。

第五節　畢業於牛津大學的海盜王

牛津大學有歷史、有世界聲譽。它高居世界大學之冠，在英國社會和高等教育系統中具有極其重要的地位，有著世界性的影響。英國甚至全世界教育界，言必稱牛津大學；英國和世界很多的青年學子們都以進牛津大學爲理想。

在歷史上，許多著名的人物曾就讀於牛津大學，其中包括4位英國國王、46位諾貝爾獎得主、25位英國首相、3位聖人、86位大主教以及18位紅衣主教。如果說牛津大學是英國培養名人和精英人才的搖籃，恐怕一點也不過分。下面我們講的故事也是有關一位牛津大學畢業的學生！他之所以有點名氣，倒不是他在學術上或政治上有所成就，而是他曾經當過海盜。

這位在牛津大學畢業的海盜名字叫麥克·愛爾頓，他當時最強烈的願望就是畢業後能當一名出色的律師。可是，這個剛出茅廬的毛頭小子剛進入社會就遭受了不公正的待遇。他雖然順利地通過了律師的見習期，卻領不到應有的工資。身爲一名學法律的大學生，他一直將司法的公正當成自己始終不渝追求的原則。可是現實生活中的種種不公平現象卻極大地挫傷了他的自尊心，他認爲自己一個人的力量根本無法改變英國司法腐敗的現狀。

經過一番痛苦的心裡掙扎，麥克決定永遠告別律師生涯。既然不能當律師了，麥克就下定決心去實現自己童年時的理想。他從小就對航海有著狂熱的迷戀，在那個時代，霍金斯、德雷克的航海事蹟依然在人們之中流傳，這就愈發激起了他出海

遠航的強烈願望。

麥克費盡周折，才在一艘船上找到當水手的工作。當他平生第一次出海航行時，心情自然是萬分激動。可是日復一日枯燥乏味的工作，使他關於海洋的一切浪漫幻想全都被無情地打碎。那寂寞而又平淡無奇的海上航行，使他的思想愈發變得實際起來，閱歷也不斷地增加。他在港口不斷地聽到關於海盜的事情，並親身接觸了許多做過海盜的人，他們大多住在海邊旅館裡，一個個無所事事、百無聊賴。當他與這些人深入交往時，他對這些人發生了濃厚的興趣。他和那些人熱情地交談，詳細詢問他們海盜生活的各個細節。慢慢地，他在腦海裡逐漸形成了一個大膽而又清晰的想法，他想去當一名海盜。

一天晚上，麥克到普利茅斯港口的一個酒吧去喝酒，在這個狹小陰暗的小屋子裡，圍坐著一群粗魯的水手。他們叼著廉價的菸捲，桌子上胡亂堆放著空酒瓶，看來他們已經有些醉了。其中的幾個人在大聲地抱怨著船上的惡劣條件，一個身材高

大的水手說：「見鬼，我受夠了那個貪婪傢伙的氣！不如我們駕船逃走算了，去海上從事海盜活動，只是沒有一個合適的首領。」

麥克在一旁默默地聽著他們的談話，當他聽說這群人需要首領時，就自告奮勇地站出來說：「我可以當你們的船長，相信我，我一定會幹得很漂亮，同意的話請舉手表決！」

這群水手當場就怔住了，他們看了看這個不速之客，但迅即就圍住了他，他們七嘴八舌地向他提出了許多問題。最後，他們都被這位牛津大學「高材生」非凡的口才和敏銳的頭腦所折服。在這位毛遂自薦的船長面前，這些桀驁不馴的水手舉起了盛有萊姆酒的酒杯，他們發誓說，「我們要用生命來擔保，我們將死心塌地效忠於您，否則我們將不得好死！」

接下來，他們就在新船長的主持下，商議如何展開具體行動。

麥克經過實地考察，決定對一艘二桅帆船下手。這艘船的船主是比利時安特衛普的一個商人，上面有15名船員，還有一大批武器裝備。當天夜裡，麥克趁著船上的大多數人都去岸上尋歡作樂的有利時機，帶領25名手下，神不知、鬼不覺地悄悄爬到船上埋伏下來。這時，船上只有剛剛卸完貨的6名船員，他們喝得酩酊大醉，像死豬一樣躺在甲板上，不時地打著呼嚕。麥克他們盡量不發出任何聲音，以免驚醒船上其他的船員。就這樣，船隻靜悄悄地駛離了普利茅斯，駛向大海深處。第二天太陽升起的時候，那6名醉醺醺的船員才醒過來，當他們看到刀已經架在脖子上時，全都放棄了抵抗，乖乖地投降了。

　　就這樣，從1612年起，麥克正式開始了他的海盜生涯，麥克的理想是追隨德雷克的足跡，開創和偶像一樣的「輝煌業績」。他決定毫不客氣地襲擊所有遇到的西班牙船隻。麥克選定了地中海北非沿岸的一處港灣做為根據地，這裡背靠高山，三面臨水，進可以攻，退可以守。他們在這裡安營紮寨，並按照當時海盜的習俗，在起義成功之後，全體人員還要再一次無條件地向船長宣誓效忠。麥克向手下再次重申：「我們可以襲擊任何一艘西班牙船，但是要記住，大英帝國的船隻神聖不可侵犯！」

　　一切準備就緒之後，他們就真正開始了海上的「狩獵」活動。他們在船的桅杆頂上，升起一面黑色的海盜旗，在旗上繪上一顆骷髏頭，下面畫兩根相互交叉的小腿骨。這種圖案是當時海盜最具代表性的一種標誌。麥克不滿足眼前利益，他想要建立一支龐大的海盜艦隊。

　　在最初的六個月中，他們很順利地截獲到了許多西班牙船隻，實力開始壯大起來。後來他們成了那片海域首屈一指的海盜幫派，開始向其他的海盜組織發號施令，麥克下令其他海盜同夥也絕對禁止襲擊英國船隻。一切都要靠實力說話，那些海盜們根本沒有討價還價的資格，所以全都唯命是從。很快，全英國的人都知道了，在北非沿岸航行的英國船隻受到了英國海盜的保護。並且，英國人還知道了，這些英國海盜對他們的死對頭西班牙人毫不手軟。在英國人看來，麥克的海盜形象非但不可憎可惡，甚至還有些可愛之處。

　　一時之間，麥克·愛爾頓的名字在英國可謂是家喻戶曉、婦孺皆知。

　　與之相反，西班牙國王腓力二世可是恨透了這些英國海盜。他心裡清楚，在公

海上，想對付這些具有高超航海技術的海盜實在是一件很困難的事，海軍的戰船也很難追上海盜們靈活、機動性強的船隻，靠武力解決不是最佳的辦法。腓力二世不愧為是一個頭腦靈活的政治家，當武力手段難以奏效時就轉而採取了收買的手段。他派人到麥克那裡遊說，許諾說只要他為西班牙宮廷服務，就給他一大筆的錢財、眾多的頭銜和榮譽，讓他體體面面地、舒舒服服地過一輩子。在那個時代，海盜們有奶就是娘，倒戈是很平常的事。可是在金錢和地位面前，這位牛津大學畢業生根本不為所動。當時他已經很富有了，並且擁有強大的軍事實力，沒有必要投向自己的敵人。

1614年，年滿26歲的麥克決定開拓新的事業，他帶領旗下的8艘艦船帶到了北美的紐芬蘭島，準備大幹一場。

在紐芬蘭島上，麥克儼然就是一位統治者，他不時地下令對附近的城市和港口進行燒殺搶掠，還強行向當地的漁民搜刮東西。漁民們不得不忍氣吞聲地向他繳納糧食、武器、彈藥和衣服。麥克變得日益貪婪，他奪走了漁民五分之四的捕獲物。有些漁民無力繳交巨額的賦稅，乾脆就落草為寇，加入了他的海盜隊伍之中。這樣一來，留下來的漁民負擔變得更為沉重了，他們開始起來反抗，迫使麥克不得不把貢賦的比率減少到六分之一的捕獲物，但是麥克又加了一個新的條件，這些捕獲物一定是要最好的。

麥克在為害港口和沿岸城市的同時，繼續在海上搶劫。那些西班牙、葡萄牙向美洲運酒的船隻，對他來說，是最好的獵物。在每次行動時，他都審時度勢，絕不會盲目地蠻幹，他極力避免流血犧牲，總能在付出極小的代價後，取得最大限度的

收益。他對待部下十分嚴厲，凡是被揭發幹過無法無天的勾當的海盜，他總是毫不留情地加以處罰；對那些罪大惡極之輩，他會命令手下把這個人吊死在船上的橫杆上。

北美的多天氣候嚴寒，風雪交加。在冬季來臨之前，麥克率領船隊返回北非的根據地，這時隊伍已經發展到400人左右。令他不能容忍的是，西班牙人趁他遠在美洲無暇顧及這裡的有利時機，一舉佔領了他的巢穴。雙方不免一場大廝殺，麥克的疲憊之師敵不過養精蓄銳的西班牙人，人員損失甚多，於是他們撤到法國薩瓦地區的另一處營地。所幸在這裡麥克遇到了他的老鄉威爾遜格姆，這個人也是個海盜，出身於貴族家庭。此人有一艘裝備極好的船，最後他們兩個人合兵一處，在薩瓦梨下營寨。在他們結盟的最初六個月裡，他們就做了一筆大買賣，掠奪到了價值50萬金幣的財富。

英國海軍將領威廉・蒙森，是個醉心於打擊海盜活動的人。當他從英國奧克尼群島遠征海盜凱旋而歸時，決定到愛爾蘭島西部的布朗德海文港，為自己的船隊補充些供給。這個港口是一個愛爾蘭海盜同夥的基地，他們在這裡建有要塞，設有十幾門火炮，還有兩艘裝備很好的武裝船隻護衛。威廉・蒙森認為自己冒然進入港口會有很大風險，於是他冒用了麥克的名字，他認為憑藉麥克的威名，那些海盜根本不敢造次。果然不出所料，當地的一名和海盜有勾結的貴族首領麥克・柯爾馬克，聽到大名鼎鼎的麥克到來，便親自到海軍將領蒙森的船上表示歡迎和效勞，還沒等蒙森開口，就殷勤地承諾提供船隊所需的一切物品。他熱情地邀請這位冒名的麥克到他的城堡裡出席宴會，以盡地主之宜。

　　儘管蒙森擔心會發生不測，但他權衡再三還是上了岸，到麥克‧柯爾馬克的城堡去赴宴。他搭乘小快艇還沒有靠岸時，站在碼頭上的那三位衣著華麗的紳士就迫不及待地跳入水中，把這位尊貴的客人抬上了岸。

　　蒙森如釋重負，他暗自慶幸：「他們絲毫沒有懷疑我的身分，是不會威脅到我的安全的。」

　　三位紳士把他小心翼翼地放到地上後，便彎著腰以最虔誠的姿態做了自我介紹。三人中最年長的是和麥克‧柯爾馬克一直有業務往來的倫敦商人；第二個也是個商人，他是靠給海盜銷贓而發跡致富的；第三個是當地學校的校長。

　　麥克‧柯爾馬克對威廉‧蒙森的接待極為隆重，他們對蒙森推心置腹，絲毫沒有對他做防備。在宴席上，蒙森得到了許多以前根本不知道的情報，這些證據足夠把這個好客的主人和他的同夥送上絞架。

　　蒙森原本打算逮捕他們，但是到了最後一刻，他改變了想法。他對這些人網開一面，為了給他們一個教訓，他還是吊死了一名海盜船長。

　　麥克‧愛爾頓聽到這個消息後不由得啼笑皆非，他評價這件事說：「這位蒙森將軍沒有正義感，我要是處在他的地位，我是不會這樣處理的。那些本該處死的海盜卻逍遙法外，依舊在剝削別人！」

　　後來，麥克‧愛爾頓感到自己的處境越來越糟糕了，他接到密報，西班牙人正在醞釀針對他的行動，一支征討他的艦隊就要從加的斯港開拔了。

　　事實上，事態並沒有發展到這麼嚴重。西班牙國王腓力三世（1576年～1621年

）最後還是決定採取和談的方式進行外交斡旋。他派了一個代表團去見英國國王詹姆士一世（1603年～1625年），希望國王對自己的下屬嚴加約束，不然他們將對其宣戰。

詹姆士一世經過再三斟酌，派了一名國會議員到薩瓦地區去和麥克‧愛爾頓會晤，議員傳達了國王的指令：如果他們停止海盜行動的話，就會得到國王的赦免，所犯的罪行一筆勾銷，否則國會將派出一支艦隊來清剿他們。

此時的麥克已經28歲了，累積起了大量的財富，他決定利用這一難得機會，接受招安。這樣，他就可以像紳士一樣，回國結婚，過著平靜的家庭生活，享享清福。他告別了自己的合夥夥伴威爾遜格姆，把大多數船隻折價賣給了其他海盜，動身回到了英國多佛爾市。英國人像接待英雄那樣歡迎他。

1616年6月9日，國會正式通過對麥克的寬赦法令，他得到了完完全全的赦免。為了褒獎麥克多年以來對英國船隻給予的幫助，詹姆士一世還授予了他貴族的稱號。為了報答國王的知遇之恩，麥克自己出資清理由於海盜活動而導致運輸不暢的拉芒什運河。

詹姆士一世對麥克‧愛爾頓誠實和坦率的性格十分欣賞，不久他們結為了朋友。

國王還任命麥克‧愛爾頓擔任多佛爾市的總督，負責管理和保護黑斯廷期、哈特、羅姆涅、桑杜伊奇和多佛爾這五個港口。

麥克接受這一任命後，帶領隨從視察了這些港口，發現這些地方的防禦工事完

全破爛不堪，根本無法防禦海盜的攻擊。令他不解的是，前任把用於建立工事的錢到底都弄到哪裡去了。

當他看到軍火庫裡那些儲存火藥的大桶裡幾乎完全堆滿了灰塵時，不由得驚呼道：「連我們海盜都比他們誠實！我絕不能讓這樣的事情再發生。」

他切實履行了自己的諾言：把那些貪污腐敗的軍官送上了法庭，同時加固了海防工事，配備了所必須的武器和火藥。

四年後，麥克‧愛爾頓和一個紳士的女兒結了婚，新娘家庭十分富有，還頗得國王的好感。

後來，這位前海盜還當上了英國國會議員。

第六節　海盜「烏托邦」

米松出生於法國南部陽光明媚的普羅旺斯，他是家中最聰明的孩子，深受父母的寵愛。他從小就受到了良好的教育，中學畢業之後，進入昂熱軍事學院。他畢業之後，決定當一名水手，開始狂熱地學習航海技術，不久便大有長進。

一次，他跟隨一艘商船來到了那不勒斯灣，趁著短暫停留的機會，他請求富爾本船長允許他到羅馬去一趟，那是他心儀已久的城市。船長禁不起他的死纏爛打，就答應了他的請求。

就是在這座夢想的城市裡，他遇到了一位「多明我修會」的傳教士柯拉基奧力。他在向米松介紹羅馬的宮殿和教堂的時候，把自己反對正統羅馬天主教學說的思想也灌輸給了他，這種新觀點引起了米松的極大興趣和熱切期望。

柯拉基奧力認爲，金錢是萬惡之源，它是妨礙人類進行友好交往的最大障礙。想要消除貧富差距，就必須消滅金錢和貪婪的心理。

年輕的米松認眞地傾聽著傳教士的烏托邦式的思想，最後他建議柯拉基奧力拋棄僧袍，和他一起到「維克多爾」號上當一名水手。

「我親愛的導師，我們是不應該分離的。」米松激動地說。此時，柏拉圖的理想之火在他心中熊熊燃燒起來，他堅定地認爲，他們倆就是上帝唯一的選民，上帝指示他們要成爲人類的救星。

　　這個傳教士也為自己能夠成功地發展了第一個信徒而欣喜若狂，況且，這位年輕人還可以救濟他一下，他早就窮困潦倒、入不敷出了。他對年輕人的請求正求之不得，想都沒想就立刻答應了下來。這兩個被世人稱之為「怪人」的理想主義者，就這樣開始了他們自認為意義重大的旅行，從此他們再也沒有分開過。

　　柯拉基奧力很快就發現了自己其實更適合在船上工作。「維克多爾」號離開那不勒斯兩天後遇到了一艘海盜船，雙方展開了一場激戰，在戰鬥中米松和傳教士表現勇敢，他們殺死了好幾個海盜。海盜被打退後，船長又派他們倆到法國的一艘「凱旋」號海盜船上協助他們進攻一艘英國商船。這一次他們又立下了大功，當他們返回到「維克多爾」號上時，受到了英雄般的歡迎。

　　他們始終沒有熄滅立志拯救世界和黎民的熱情，他們在那些發了財的船員中宣揚自由、平等和兄弟和睦的思想。在他們的不懈努力下，幾乎所有的水手都成了他們的信徒。最後，傳教士決定將自己的烏托邦式理想付諸實施。他首先想把「維克多爾」號變成一個小型的水上王國，做為一個按照平等原則進行管理的未來國家的雛形。根據這位傳教士的觀點，他們有責任把這個信仰傳播到地球上的每一個角落，以此來實現世界的大同。他們得手之後，大家卻對應該懸掛什麼樣的旗幟產生了分歧。一些人建議用黑色，而另一些人則主張用血紅色，雙方針鋒相對，吵得不可開交。最後，還是傳教士站出來調停。他說：「你們不能統一意見令我感到非常失望。我們不是海盜，我們是為人類能夠按照上帝的意願生活而抗爭的自由人。儘管我們也是在海上尋找自己的幸福，但我們卻和海盜有著嚴格的界限。因此，我建議懸掛白色旗幟，上面寫上『為上帝和自由而戰』。」

　　傳教士的建議得到了大家的認可。接著，米松和他的導師又忙忙碌碌地為這個新生的國家起草憲法草案。船上大部分水手對這個建立人間天堂的遙遠計畫都不是很感興趣，他們唯一需要的是用更多的酒精來撫慰自己寂寞的心靈。傳教士勸說米松盡量滿足他們的要求，因為他擔心這些水手會阻礙他的宏偉計畫。

　　「我不反對他們喝酒，但要等到我們再弄到一艘船以後。」米松頭也不抬地說。

　　第二天，「維克多爾」號遇到了一艘英國商船。鳴槍預警之後，這些法國海盜乾淨俐落，沒有遇到任何抵抗就跳上了英國人的大船。米松命令水手們拿走船上的3桶萊姆酒，雖然貨艙裡存放著6桶，他還是非常紳士地只拿走了一半。他請求船長原諒他的冒犯，還不住地解釋自己和手下的船員並不是海盜，而是獻身一種新信仰的聖徒。臨走時他還說，歡迎每一個英國水手都來加入這個不分種族、不分國籍的大家庭。

　　巴特列爾船長對面前發生的一切簡直不敢相信自己的眼睛。經過短暫的懷疑之後，他還是決定以禮相待，他把所有船員都召集在甲板上，站成兩排，大聲喊著「萬歲」歡迎這些「溫柔的海盜」。船長還告訴米松，他覺得他們都是很有風度的紳士。後來，米松又帶領大家用同樣的方式劫持了其他一些船隻，不過，只是拿走一部分生活必需品，如食物、酒、武器和彈藥等，對金錢、珠寶等貴重物品毫不動心。他們都是人道主義者，從來不傷害任何一個船員。每當他們需要幫助時，也從來不採取威脅或暴力手段，而是非常有禮貌地進行請求。

　　他們到處推廣自己的學說，用簡明的語言來闡述那些深奧的道理，號召無產者

起來反抗剝削和壓迫。米松還成功地改造了自己的隊伍，使他們戒掉了酗酒和打架的惡習，告訴他們學會互相尊重，善待老人、婦女和兒童。經過大刀闊斧的整頓，在強大的思想攻勢下，水手們看起來似乎是脫胎換骨了，傳教士的內心充滿了成就感，彷彿看到了拯救人類靈魂的希望。

他們在駛向西非海岸的路上，劫獲了一艘開往阿姆斯特丹的荷蘭船隻「尼弗斯塔特」號。當米松發現這艘船在販賣非洲黑奴時，他義憤填膺地對自己的船員說：「買賣同類，就是罪惡的法律和習俗的最好見證。僅僅是因為他們與我們有著不同的膚色，就把他們像牲口一樣的出售，這嚴重褻瀆了上帝所宣揚的公平。那些靠販賣奴隸發財的強盜簡直是畜生，他們是會下地獄的。我宣佈眾生平等，因此，這些非洲兄弟都是自由的。我們應該把我們的語言、宗教、習俗和航海技術傳授給他們，幫助他們依靠誠實的工作生活下去，以維護做人的尊嚴！」

當他的演講結束的時候，船員們齊聲高呼：「偉大的米松船長萬歲！」荷蘭船上的水手們雖然聽不懂法國人的語言，但是這些船員們的高昂情緒卻深深地感染了他們，他們也希望加入到這個集體中來。在承諾完全遵守水上共和國的法律以後，他們成了新的公民。可是僅僅過了幾天，這些荷蘭人就開始管不住自己了，酗酒和打架的事件時有發生，嚴重影響了「維克多爾」號上正常的工作和生活。

無奈之下，米松決定將這些荷蘭人送到附近的岸上。可是傳教士卻堅決反對這樣做，他認為自己有責任幫助這些荷蘭人改掉惡習。米松聽從了導師的勸告，開始對他們進行耐心的教育。他還把所有的船員集合在一起，當眾宣佈紀律。他警告說，如果不改掉惡習的話，水上共和國的生存和安全將得不到保證。最後他威脅

說，誰要是玷污上帝的名聲，就狠狠地打他50皮鞭。當米松發現只有暴力手段才能起到立竿見影的效果時，他感到非常失望。不過，由於他的善良和寬容最終還是贏得了荷蘭人真正的服從和尊敬。

這時，傳教士的觀念也漸漸地發生了變化，經濟上的窘境使他開始意識到，在拯救人類的第一階段還不能夠完全擺脫金錢，金錢雖然在本質上是邪惡，但它可以幫助人們實現一些崇高的理想。他認為應該累積一些財富，並勸說米松放棄以前的矜持，正確地看待金錢。他的意見自然被採納了，畢竟填飽肚子是大事。此後，他們開始奉行劫富濟貧的方針。

米松依然奉行人道主義，他們在佔領了別人的船隻後，總是極力避免流血事件發生。他們對被劫持船隻上的船員也是禮讓有加，還會給傷病人員提供一些必要的幫助。他們從來不會去欺凌那些小本經營的手工業者和貧窮的漁夫，對為富不仁的富商則毫不留情，會將一切能夠搶走的東西全部帶走。

很多年過去了，米松決定在科摩羅群島建立一個共和國。他千方百計地想取得當地居民的信任。傳教士建議他娶當地首領的女兒為妻，利用通婚的方式拉近感情。遺憾的是，他根本不喜歡當地首領的女兒，最後他娶了首領妻子的妹妹，一位非常漂亮的年輕姑娘。後來，他的許多船員也紛紛效仿，和當地的居民進行通婚。

儘管如此，在島上建立共和國的方案還是無法推行。當地的土著堅守自己古老的宗教和習俗不放，首領們更是不願意放棄種種特權，他們無法理解這些外來人崇高的思想境界。最後，首領失去了耐性，不再顧及與米松的親戚關係，用戰爭手段來威脅他放棄自己的社會主義實踐。海盜們極度沮喪，他們收拾好行囊，帶著自己

的妻子和兒女趕往馬達加斯加，並在東部沿岸的一個海灣裡駐紮了下來，馬達加斯加人對他們這些外來移民非常友好，他們又重新燃起了創立理想國的熱情。

上岸之後，米松和導師立即鄭重地宣佈他們新的國家成立了，國名爲「自由」。那些習慣冒險生活的海盜都自發地組織起來，迅速投入到緊張忙碌的建設中，並表現出高度的紀律性。他們憑藉自己的勤勞與智慧，在極短的時間內就建立起一座整齊的村落，還修築了堅固的防禦工事，以防禦遭到襲擊和破壞。此外，他們依舊從事著有利可圖的海盜事業，爲了能讓自己有一個穩定的後方，他們和當地的一個部落結了盟，對方向他們提供勞動力和武器，他們則負責保護安全。

在「自由」王國裡，米松被授予了「保衛者」的稱號，這個職位要透過選舉產生，任期三年。身爲憲法起草人之一的傳教士，被推選爲「大臣」；著名的海盜船長契由擔任艦隊總司令，他率領全體船員加入這個自由公民的共同體中，表示幫助米松實現他的願望。這個以米松爲首組織起來的委員會負責管理整個國家的大小事務。這個國家主張實行公有制，發展經濟的目的是爲了滿足全體社會成員的需要。在分配方式上，主張平均分配勞動產品，同時還特別強調，勞動是每個公民必須履行的義務。在處理人際關係上，主張人人平等，歐洲人與當地人擁有同樣的權利。在這個「自由」王國裡，主要通行四種語言，分別是法語、英語、荷蘭語和葡萄牙語，此外還有各種當地土著民族的語言。這個國家的財政收入大部分直接來自於海盜活動，一小部分則來自於農耕、飼養業及工業。

這個「自由」國家蓬勃發展起來，吸引了許多外來人口的加入，除了英國人之外，很多國家的水手也紛紛加入這個「自由」的國度。「自由」王國成爲海盜們心

目中的一片樂土。

　　米松還設想將共和國的疆域進一步擴大，他對馬達加斯加島沿海地區進行了細緻的考察，並繪製出周圍水域的詳盡地圖。在考察的過程中，他又把一大批奴隸帶到了他的國家。

　　就在米松雄心勃勃、準備大幹一場的時候，卻發生了一場突如其來的災難，使這個「自由」的國度陷入了崩潰的邊緣。

　　一天，島內的那些貧困落後的部落全部都聯合起來，對沿海這個富裕的「自由王國」發動了突擊。由於事發突然，「自由」王國的居民猝不及防，幾乎全部被殺死，只有一小部分人逃到了海上。就在他們暗自慶幸的時候，海面上又突然颳起了強烈的龍捲風。結果，米松、柯拉基奧力和手下的那些理想主義者遺憾地帶著拯救世界、建立人間天堂的夢想沉入了海底。

第五章

20世紀的海上幽靈

　　根據國際海事局透露，從1993年到2003年的十年中，世界各地的海盜活動上升了三倍。僅2003年一年中就發生445起有預謀的海盜襲擊，造成16人喪生。與去年同期發生56起海盜襲擊事件相比，2006年的前三個月就有61起成功或企圖襲擊事件發生。今年至少已有63人被海盜挾持，是去年同期人數的兩倍。現代化的海盜，又像幽靈般地出現在海面上……

　　廣闊的海洋上和2003年在國際政治方面一樣，是多事的一年，是不平靜的一年。11月初，國際海事局發表了一份報告，報告顯示，僅在該年的前9個月，全球公海海域就發生了至少超過344起商船被海盜襲擊的事件，數目之多創歷史紀錄，比去年增長了26％。這是國際海事局自1991年開始統計海盜襲擊船隻案件以來發案最多的時期，共有20名船員遇害，而去年同期僅為6人，2003年也因此成為近現代歷史上海盜活動最猖獗的一年。國際海事局同時統計，在2003年的前9個月，在印尼附近海域發生87起海盜襲擊事件，孟加拉海域發生37起。非洲海域以索馬里海岸線最為危險。尼日利亞海域發生的襲擊事件也從去年的9起增加到目前的28起。那麼究竟是什麼原因致使最近的海盜活動如此瘋狂，他們的搶掠生涯是怎樣的，他們的組織方式又是如何的呢？接下來的內容將讓您對全球公海上的海盜群落盡可能有更多的瞭解。

　　海盜在古代歐洲（特別是北歐），是個非常重要的社會角色。在人們眼裡，或被斥之為禍害，或被稱之為豪傑。然而發展到今天，現代的海盜已經不再是人們想像中的戴著黑色眼罩、手拿長刀的形象，也不是美國好萊塢大片《神鬼奇航》裡的傳奇人物，更不是18、19世紀駕著帆船、揮舞著彎刀的印尼海盜的模樣。這些種種海盜組織已全在18世紀到19世紀初被西班牙炮艦轟炸得灰飛煙滅了。在時代的變遷

中，海盜和社會中的其他任何事物一樣有著飛速的發展。20世紀80年代以來，世界範圍內的海盜活動都正在向國際化和現代化發展，海盜們也有了自己的現代武器和電腦裝備，而且他們的活動範圍也在日益擴展，除了進行劫船掠貨等一般的犯罪活動外，還參與甚至主導走私、販賣人口、殺人等勾當，對海運和貿易造成的威脅越來越嚴重。有專家估測，僅僅是東南亞區域的海盜活動就使得世界經濟每年損失250億美元。如果將全球範圍內的海盜活動統計起來，損失就高達700億美元。然而這些損失僅僅是其中的一面而已，而海盜活動對資源和生態環境的破壞則是更爲可怕的。因爲海盜多半是在海運的樞紐地帶活動，在這裡總會有很多運油的航船穿行，而海盜的搶掠活動隨時都有可能演變成爲大型的海難，造成極其嚴重的環境污染與生態系統的破壞。1992年，在麻六甲就曾經有一艘油船被印尼海盜襲擊，船上滿載著24萬噸的原油。當時海盜將船上所有人員都捆綁起來，而海盜劫走財物後卻逃之夭夭，任由油船自行高速航行。這艘船的甲板比兩個足球場的面積還要大，其高度比7層樓還要高，試想一旦發生海難，其後果不可估量的。比較慶幸的是當時有一名船員在20分鐘後掙脫了繩索，立刻放慢船隻的航速，這才及時的避免了令人類畏懼的生態災難。

第一節 死灰復燃的現代海盜

印尼小島上的幽靈

現代版的海盜造型，已經不再是打著黑骷髏旗在光天化日之下進行搶劫了。他們心黑手狠，武器精銳，裝備齊全，專以掠奪比他們弱小的人做為樂趣。他們手持衝鋒槍，腰別手榴彈，不僅要你錢財，還要取你性命……

有一個海盜，名字叫馬卡斯。他居住在離新加坡航程只要一個小時的印尼小島上。在這個小島的周圍還分佈著大大小小的島嶼不少於40個，它們組合在一起形成一個蜿蜒曲折的小海灣，再加上海邊長有茂密蓊鬱的樹林，使這裡的地形極其複雜，於是，這裡便成了許許多多小型海盜同夥的老窩和避難場所。

受地理位置的影響，這裡的生活水準也比較低，生活在這裡的居民可選擇的職業也是相當的簡單，除了妓女，就是海盜。因此，在這個地方，說人人都是海盜也不為過。

馬卡斯雖然有10幾年的海盜生涯，但是，他對家人卻隱瞞得很好，他的家人毫不知情，馬卡斯總是告訴他的家人說：「我是守夜人。」

當被問及是否想過金盆洗手時，他卻說：「轉行？這怎麼可能？姑且不說我轉行後能做什麼，就說每次行動成功後那種巨大的成就感，我想這是別的任何行業都不能給我的，況且我很需要錢，因為我還有兩個孩子。」他停頓了片刻，之後又補充說，「再說為了顯示出好人，總得有人去扮演壞人的角色吧！我願意去做這件

事。」

　　和其他的窮人一樣，馬卡斯從小就過著極為艱苦的生活，當他到了20幾歲的時候，發現自己身邊的人都依靠做海盜而使生活富裕起來時，他也有些為之心動了。心志稍微有些成熟的他在幾經思考，進行了多次自我掙扎之後，毅然地加入了海盜的行列。現在，馬卡斯30多歲，已經成為一個擁有12人的海盜同夥的首領。他經常在半夜凌晨左右，率領著自己手下的那些人，換好行動時的裝束，身穿黑色T恤和短褲，整個頭部罩上面罩，便拿起斧頭、砍刀和鋼管等武器就出發了。他們從來都不用槍支，因為在他們看來，身為道地的印尼人，用刀進行搶劫遠要比用槍搶劫的成就感要大。

　　他們在所有的快艇上，時時刻刻都備著繩索之類的東西。所有人每次都要在出發之前參加法師為他們的行動舉行的祝福儀式。他們進攻的地點就是新加坡的公海海域。當然，他們事先會派人去打探行動目標，等探查人員找準了下手目標，他們便會選擇在凌晨大多數船員都已經熟睡的時候動手。

　　行動開始時，他們要乘坐快艇從目標船的後面慢慢向船隻靠近，利用船尾波來避開雷達監測，然後再從目標船的側面用鉤爪抓住大船順勢爬到甲板上。等爬到船上之後，就會立即派四個人控制駕駛艙。將船員身上的財物掠奪一空，然後快速跳入海中，迅速游到停在附近的接應他們的快艇上。整個搶劫過程從始自終都沒有超過12分鐘的。

　　因為這些海盜都是當地的居民，所以他們對地形頗為熟悉，海盜技術也在日積月累中逐漸提高，最終都成為海盜中的精英。正因為如此，他們還經常會被許多其

他海盜請去幫助他們搶劫大型的貨船或更多的貨物。此時，他們雙方就會在達成協定之後，趁夜色的掩護逼近目標船隻，或將摩托快艇偽裝成海上的巡邏艇，當然他們也會經常事先派一兩名探子到船上充當船員，做他們的臥底，為他們摸清各種情況，以便在行動的時候做為內應。

不知什麼原因，這些海盜從來都沒有遇到過水上巡警。但是，在行動的過程中，偶爾也會遇到一些頑強的抵抗，這時候，他們有時會毫不猶豫地將抵抗者殺害。

但馬卡斯說：「我們做海盜，也只是小股的流寇，因此，在一般情況下，我們的目標只會劫財而不會殺人的。當然，也有很多海盜首領為了留住自己的同夥，迫使自己的手下能夠死心塌地的跟隨自己，就會命令他們必須參與殺人。並且，他們殺人的方式也多種多樣，他們有的被當場開槍打死，有的被重物撞擊致死，或者是把他遺棄到小船或孤島上，聽天由命。但海盜們最常用的方法是用袋子把水手們裝進去，亂棍打死後把他們扔進經常有鯊魚出沒的海域。另外，像我們這樣只用刀劍進行搶劫的海盜所佔比例很少，在我們附近，大部分的海盜組織具有全套的武器裝備、衝鋒槍、火箭炮，有的還使用先進的全球衛星定位系統，他們確定目標輪船的位置可以利用雷達，進行攻擊時可以使用摩托快艇和自動武器，有的甚至還配備了大馬力快艇、艦對艦導彈、AK－47衝鋒槍等。另外許多海盜船上還有電腦、行動電話和圓盤衛星天線等先進的現代化裝備，他們可以透過電子郵件和網際網路的管道與世界各地的『同行』聯繫，並隨時隨地獲取關於劫掠『目標』的各種消息。」

對於那些比較龐大的犯罪同夥來說，不僅劫掠船上的財物，有些時候還會把船

長和船員也擄走，並獅子大開口的向航運公司索取數量驚人的贖金。記得一次海盜案件之後，海盜將印尼籍船長和工程師及船員俘虜，船務公司最終以每人6萬令吉（1令吉＝9.5元台幣）的價格贖回了他們。

當然有的船務公司不願出贖金兌換人質，那對於這些不能被贖回的人質，海盜們會給船務公司一週的期限，一個星期過後，就會立即處死人質，而這對海盜來說，也是沒辦法的決定，這樣做完全是為了自衛而已。

伊爾是一個龐大海盜組織的小兵，他是馬卡斯的表弟，他所在的那個海盜組織，就那一個小分隊就擁有30多名成員，其中包括很多緬甸和韓國人。他們那支小分隊和另外的20個小分隊共同聽從一個「老闆」的命令。

馬卡斯又說：「他們是非常厲害的，在他們的背後有一個非常龐大的組織為他們撐腰，他們在行動時，掠奪的不僅僅是錢財、貨物，還有人，以及整艘輪船。他們行動一次，絕對可以讓一艘或幾艘貨船徹底在人間消失。

他們的船上有充足的後勤補給並配備先進的設備，有時候為了行動前事先獲取輪船的航線、船員數量、裝載多少貨物等重要資料，甚至能買通附近國家的水警，他們在行動時會劫持整艘船隻，並將所有船員殺掉或扔下大海，然後把船開到早已選好的隱蔽地點，重新給船隻油漆、改名，再偽造一些新的船籍資料，有些時候更細緻到修改發動機的出廠編號，然後重新選配船員，重新註冊後將這艘『新貨船』開往指定的地點與指定的接頭者聯繫。

實際上，他們在給船重新油漆時並不怎麼細緻，只要從遠處看不出問題就可以

了，反正那些所謂的水警通常都是被收買了的，根本就不會暴露什麼。有時候那些龐大的海盜組織還會買通好船運公司、港口管理當局，有時甚至能夠買通海關部門。所以，我們這些海盜與他們相比，只是一隻小蝦米而已。」

海盜活動的主要區域

雖然海盜的裝備和形象隨著科技的發展已經發生了巨大的變化，但是他們的活動區域相較以前並沒有發生太大的變化，還和過去一樣大部分都集中在非洲與亞洲之間的航線上。大體來講，現代海盜主要有五大活動區域，分別是西非海岸、紅海與亞丁灣附近、孟加拉灣沿岸、索馬里半島附近的水域以及整個東南亞水域。其中，最為危險的是東南亞水域，全世界有超過一半的海盜搶劫案都發生在這裡，而危險中的危險就是印尼水域，是海盜搶劫案最集中的地方。提到印尼海盜，近年來幾乎可以說是名聲鼎沸了。全世界的貿易有90％都要靠海運進行，而海運的33％都要經過東南亞水域，今年的前9個月裡在東南亞水域就發生了271起海盜搶劫案，其中以印尼的海盜共有87起，是最為猖獗的。麻六甲海峽是世界最繁忙的水道之一，在這裡嚴重的海上襲擊事件日趨增多，從2002年的11起提升到2006年的24起，而沒有統計的小型襲擊事件則天天都會發生。可是印尼海盜在1989年之前似乎是銷聲匿跡，持續幾年都是每年只發生7起左右，但是在1989年突然爆發28起，到1991年兩年內就已增加到50起，直到如今已經是日益猖獗，甚至到了「獨步天下」的地步。

國際海盜的三種類型

海盜有不同的類型，按照作案性質和手段，以及由重到輕的威脅程度，通常分為三類：其一，屬於分離主義者或恐怖分子的海盜。這種海盜主要出現在阿拉伯水域、斯里蘭卡海域、印尼蘇門答臘島北方靠近亞齊附近海域及菲律賓南部海域。這是最兇殘的海盜，通常手法是將全體船員殺害後將船隻開到隱蔽地點，重新油漆、更換名字，註冊後變成所謂的「幽靈」船，連同貨物一起賣出，或用來走私人口和販賣毒品。此類海盜在總體中佔的比例很小，但危害性最大。其二是有組織的犯罪同夥。這些海盜在行動前通常都有詳細的計畫，擁有熟練的駕船者、牢固的基地和來自可靠管道的情報。這類海盜數目不多，而一旦出動就會造成巨大危害。其三是小股海盜，通常在內海甚至海岸線附近出沒，由4到10人駕駛小快艇實施攻擊，喜歡冒充執法人員。慣用方法是用小型快艇尾隨，並使用鉤子等裝置爬上船隻，然後實施搶劫。大多數的海盜案件都屬於此類。

現代海盜組織和傳統海盜不同的是，他們組織龐大，下設分支機構，散佈在各個地區。有些海盜船的聯合行動，其聲勢看起來倒像是艦隊作戰，當然，他們背後都有大商人投資，利用高科技手法進行武裝。95%以上的海盜同夥都擁有了武器是海盜近年來一個最新的變化。在美國撤兵越南、蘇聯撤出阿富汗時，有很多武器和軍事設備流入黑市，而這些正方便了海盜。國際海事局指出，海盜在作案時利用機槍或火箭彈等殺傷力較強的武器日益增多，暴力傾向日趨明顯。如今的海盜船上不僅有機關槍，還有更先進的設備，像電腦和圓盤衛星天線，這樣他們就可以透過電子郵件和網際網路的管道，聯繫世界各地的犯罪集團乃至恐怖分子，並能夠隨時獲得商業資訊。

海盜的襲擊手法

　　海盜的行動並不是毫無目的、毫無計畫的，其整個過程都有很強的計畫性。他們在上船搶劫之前都會事先對被劫的船舶進行摸底，比如船上設備如何、航線是那艘、船員的數量是多少等，掌握了這些全面資料之後再進行搶劫，搶劫得手後立即與行動總部聯繫，按令更換船的顏色、名稱、船舶證，並按照指令把船開往指定地點，而且要和指定的接頭者聯繫，因此海盜好像非常熟悉船隻航行的時間和船上的貨物及其設備。在一般的海盜活動中，很多海盜同夥都會先派一名同夥在目標船上充當船員去臥底，一旦這艘船行駛到海上，這個臥底的船員就會用電話向海盜組織報告該船所在的位置、航線以及人員數量和船隻裝備等情況。有時海盜還會利用雷達系統確定目標輪船的位置，與內部人員透過無線電取得聯繫後，使用水上摩托車、快艇和自動武器對船隻進行襲擊，即使失敗也是很容易逃掉的，然後與當地的數百艘小船混在一起，很難被發現。

　　許多海盜搶劫案都發生在夜裡，因為晚上除了2、3個在值班的船員外，大部分船員都已熟睡，而海盜在此時發起進攻是很容易得手的，根據調查顯示，約有85%的遇害船員在海盜攻擊前沒有任何察覺，都直到海盜爬上船後才有所發覺。海盜劫船時經常把高速水上摩托車偽裝成海上巡邏艇，而海盜們便裝成參與海上檢查的員警人員。他們通常都從船隻的後部發動進攻，用鉤爪抓住大船，然後順勢爬上被盜的船隻。尤其是在海盜有武器，但船員手無寸鐵的情況下，海盜進入船艙後，就會很容易的把船員捆綁住，輕而易舉地控制整艘船隻，然後從船長那裡拿出保險箱的鑰匙，把船隻洗劫一空之後滿載而逃，而前後只需十分鐘左右。

在目前，國際上尚無專業的海上巡邏機構，因此在突然遭遇海盜劫船的時候，船員們通常是萬分驚恐，既沒有武器與匪徒對抗，又無救助可尋，除了無奈的企求神靈的保佑，只能任海盜恣意忘形，滿足他們的一切要求。

海盜「胃口」越來越大

1998年9月，在麻六甲海峽有一艘名叫「Tenyu」號的巴拿馬籍貨船被劫持，船上的16名船員全部失蹤。幾月之後，該船用新的名字，配備了新的船員，重新出現在國際航運界，那16名失蹤的船員很可能全部遇難了，對此有關部門也沒有辦法。直到後來才查清這起海盜活動是數個國家的海盜聯手發起的，計畫人員是韓國的、兇手是印尼的，還有緬甸的碼頭工人以及黑市商人等，他們形成一個完整的網路，其中的每個環節都緊密配合。

2006年10月，一艘貨輪在印尼的港口遇劫，這艘貨輪是日本的，名為「彩虹」號，在它剛駛出海口時，有10名武裝嚴密的海盜立即乘坐一艘高速快艇向該船迅速駛近，並快速的登上了「彩虹」號貨輪。他們將17名船員扔到一個救生筏上，之後駕駛這艘「彩虹」號逃離了該地，幸好這些船員沒有遇難，在一星期後被救。不久，印度海軍在他們的海域內追蹤一艘貨船，這艘貨船懸掛著拉美國家的伯利茲國旗，雖然此船使用的是新名字，但是有關部門確認這極有可能就是失蹤不久的「彩虹」號。印度海軍經過兩天的跟蹤後，將該船扣留。後來經權威部門的調查鑑定，該船就是失蹤的「彩虹」號貨輪，那些海盜分子早已經將搶來的鋁錠出售，將其資金用於購買軍火。

　　以上這些船被劫後還有重新復出的一天，而更多的船隻在被劫持以後就再也沒有「恢復名譽」。2000年2月的一天，在馬來西亞附近，一艘裝滿了6000噸棕櫚油名為「戰神」的日本籍貨船正在航行，突然一群全副武裝、手持自動步槍的海盜爬上了油輪的甲板，他們強行扣留了船上17名緬甸和韓國的船員，並控制船隻13天之後，海盜用一艘救生艇把船員放走，然後開著貨輪逃跑。那些在救生艇上任意漂流的船員於3天後在泰國沿海被漁民發現並獲救。而「戰神」號貨輪卻杳無音信。船主為了找回這艘貨輪，不惜重金，以10萬美元做為懸賞，希望能夠獲取有關的重要資訊。但是，權威人士認為，該船完璧歸趙的可能性極低，因為犯罪分子很可能早已經把該船重新油漆、配備上新的船員並換用新的船名了。

　　上述這些事件只是大量令人震驚的海盜案中的滄海之一粟而已，可能還有更加駭人聽聞的海盜案尚未被披露，那麼多各種形式的小的搶劫和騷擾事件則更是無法做出統計的。有些案例大到有預謀、有組織的武裝犯罪同夥洗劫船隻，小到幾個人的偷盜。一位曾遭受海盜襲擊的印尼的牲畜貨船船長事後描述道：「在船上，突然有5、6名手持長刀的海盜，直接衝進我的船長室，搶走了船上所有的現金，即使是手機及其他值錢的東西也都隨之帶走。」還有一位泰國的船長也經歷過這種劫持，他描述說：「海盜手持刀械登上船後，直奔船上的商店拿走現金並將裡面的商品全部搶走。」

　　但是現在規模龐大的海盜同夥是全球犯罪網路的一部分，而不再像傳統的海盜一樣是一種地區化的現象，有的已滲入到船運公司、港口管理當局，更有甚者已打進國家海關部門。他們不再像以往一樣只掠奪一些值錢的東西或小部分有價值的貨物而已，而是組成犯罪同夥有組織、有計畫的劫持整艘貨輪，將掠奪的貨物，轉運

到偏遠的小港口進行出售，並且重新把船隻油漆之後進行出售。由此可見，現在的海盜胃口在不斷擴大，而且他們的貨物並不是無法處理，在俄羅斯或其他什麼地方可能正有買主急著等他們的貨呢！前面敘述的裝載大量棕櫚油的日本「戰神」號很可能就是一個很好的例子，因為貨輪和棕櫚油都是極其誘人的。而海盜活動一旦有犯罪同夥介入，那麼戰勝海盜將越來越難。

第二節 航海安全與海盜危害

高效率海運存在安全漏洞

海盜活動走勢越來越猖獗，其原因是多種多樣的。首先，他與世界經濟的發展息息相關，國際貿易與世界經濟的迅速增長同步，國際貿易的數量呈不斷上升趨勢，而國際貿易的實現主要依靠的是頻繁來往於海洋上的4萬艘商船，但海盜們非常容易從這裡發現安全漏洞。同時，隨著時代和技術的發展，海運的效率也有了很大的提高，航海運輸方式與以前相比有著顯著的進步，對現代化貨輪的操縱只需要很少的人手即可，而且實現了機械化的裝卸方法，一艘在海上航行的貨輪，配備少量的船員就可以，通常在36人以下。當然，這樣的條件對正常航運提供了便利，可是同時也為海盜分子提供了可乘之機。這樣配備船員極少的貨輪對於那些配備行動電話、ＡＫ－47自動步槍的海盜眼裡通常都是一頓美食。當貨輪低速航行向陸地駛近時，海盜們便乘坐高速快艇快速靠向貨船，而且能夠輕鬆將其「拿下」。

在東南亞，尤其是印尼地區海盜活動愈演愈烈，這其中的原因在於1997年亞洲金融危機的爆發。這次危機過後，貧困人口大量增加並且失業率也有所上升，另外，在麻六甲海峽底部多暗灘和沉船，船舶航行經過這裡為了安全起見，都必須放慢船速行駛。這些因素的結合，使這裡逐漸成為現代海盜經常出沒的「狩獵區」。同時，這裡收入菲薄的海上官員以及部分港口工人的腐敗也是使這裡海盜猖獗的一個重要因素。這裡的海盜數量多來源廣，包括順便打劫的漁民和一般罪犯以及複雜的亞洲犯罪集團等等。因為每天會有多達220艘的船隻通過該海峽，為了減少損失，

國際海事局曾經提出警告,提醒各國船隻在通過孟加拉、印度、菲律賓、新加坡、斯里蘭卡、泰國等國的海域時,必須格外謹慎。

根據國際海事組織調查研究,如今有五大犯罪集團基本操縱著東南亞的海盜活動。他們組織內部已基本形成了適應現代化經濟的現代化「海盜托拉斯」,而且和一個國家的組織機構一樣,下設分支機構,並且在各個地區都分佈著雇員,經常出沒在麻六甲海峽地帶以及印尼沿岸的狹窄水道中。

海盜與恐怖主義聯姻

國際海事局還提出警告,海盜活動除了造成經濟損失和嚴重危害治安外,一些政治動機還可能潛藏在某些海盜襲擊事件的背後。同時西方情報機構和海事安全部門也都發表看法,他們認為印尼沿岸發生的某些海盜襲擊事件是與「基地」組織或其他恐怖組織有關連的。

專家提出,傳統的海盜活動其目的非常簡單,僅僅是搶劫財物而已,而恐怖分子的活動是對政府的抵抗,他們製造混亂來擾亂政府的統治,恐怖分子的目標不再是傳統海盜的油輪或商船,他們的襲擊對象擴大到碼頭、軍艦、旅遊勝地、港口甚至是居民聚集區。尤其是現在伴隨著各國反恐力度的日益加大,恐怖分子在陸上的「勢力範圍」已經逐漸減少,迫不得已將其目光轉移到海上。國際海事局專家也表示,由於恐怖主義世界安全形勢已經形成挑戰,目前的海事安全已經遠遠超過了海盜與反海盜的範疇,有組織、有計畫、手段先進、規模龐大的恐怖主義襲擊正成為

更嚴重的海事威脅。

恐怖活動的原始發源地儘管不是海洋，但伴隨現代化經濟的發展，科技不斷進步，恐怖分子在海上形成的威脅已經愈來愈大。海上恐怖分子有越來越先進的裝備，也有更加「先進」的作案手法，甚至有的還踏上了組織化、集團化、國際化的道路。故此反恐專家提出，「海上的恐怖襲擊在所有的恐怖戰術中是最難對付的。」

現代航運中集裝箱數量急劇增多，給海關人員的檢查工作帶來困難，有些時候他們根本檢查不過來。所以在所有恐怖襲擊中，美國最為擔心的是恐怖分子可能利用集裝箱貨船從事恐怖活動。美國方面認為，萬一恐怖分子在某個集裝箱裡隱藏了生物、化學甚至放射性武器，然後在洛杉磯這樣如此大的港口引爆，這樣造成的後果是不堪設想的。除了這方面的擔心外，西方國家對恐怖分子還可能從水下進行襲擊也頗為擔憂。

還有一些安全專家推測，自「911」事件發生後，「基地」組織已經組建了一支「恐怖艦隊」，支艦隊大約擁有20艘船隻，根據美國官員透露，這些船隻極有可能裝有大量的殺傷性武器，如炸藥、槍支彈藥、化學武器、炭疽菌和毒藥等，換句話說，每一艘船都相當於一個漂浮在海上的「火藥桶」。他們分別散佈在印度洋和阿拉伯海等海域，隨時都有可能發動恐怖襲擊。

這些越來越猖獗的海盜活動，讓整個國際的貿易組織和船東們都叫苦不迭。一些航運公司和保安公司為了保證安全，想盡辦法提防海盜劫船。比如，有些船主雇傭一些雇傭兵進駐到途經危險海域的貨輪，防止船隻被襲擊。在英國倫敦就有一家

保安公司曾經在媒體上刊登過保護國際貨輪安全的廣告，該公司稱他們可以提供300名尼泊爾廓爾喀族士兵，這些士兵英勇善戰，在英國軍隊的軍旅生涯平均在16年。但是，船主通常都不使用雇傭兵，因爲他們承受不起用雇傭兵昂貴的費用，而且海盜襲擊具有不確定性。另外船運公司也不怎麼贊成這種做法，因爲這樣不僅僅是增加成本，他們更擔心使衝突升級，海盜分子上船後一旦發現貨輪上配備武裝人員，極可能先開火傷人，而後再進行搶劫，這不僅不能保住財物，而且會增加人員的傷亡。

有關技術部門也嘗試用高科技來對付海盜。比如日本的一家公司研製出一種先進的報警系統，當海盜登船用的抓鉤拋到甲板上時，就會觸動警報器，此時海盜們就無處隱藏。還有一種更爲先進的叫做「海上劫持警報與船舶追蹤系統」的裝備，它每天可以向船主發送衛星信號6次，報告船隻所處的位置、速度，以及船隻的航向。海盜在活動中一旦破壞或干擾了這一追蹤系統，船主馬上就會收到警報系統以電子郵件和行動電話傳達的示警。國際海事局鑑於更有力度的對付海盜，還呼籲船主在船上安裝衛星跟蹤系統，這樣萬一船隻遭劫持，有關當局就能按照這一系統，迅速鎖定犯罪分子的方位並將其徹底捕獲。但是，當船隻遭到海盜的搶劫之後，常常有保險公司對這一損失進行賠償，所以很多遠洋公司不願在安裝報警設備和定位設備上投資，以減少運營成本，因此到目前爲止，全球只有500餘艘遠洋輪安裝上了衛星定位系統裝置。

國家圖書館出版品預行編目資料

寶藏‧地圖‧骷髏旗：海盜傳奇 / 搜奇研究中心編著.
第一版——臺北市：宇河文化 出版；
紅螞蟻圖書發行, 2008.7
面； 公分.——（Legend；4）

ISBN 978-957-659-674-2（平裝）

1.海盜 2.通俗作品
557.492   97010043

Legend 4

寶藏‧地圖‧骷髏旗－海盜傳奇

編　　著／搜奇研究中心
美術構成／Chris' office
校　　對／周英嬌、朱惠倩、楊安妮
發 行 人／賴秀珍
榮譽總監／張錦基
總 編 輯／何南輝
出　　版／宇河文化出版有限公司
發　　行／紅螞蟻圖書有限公司
地　　址／台北市內湖區舊宗路二段121巷28號4F
網　　站／www.e-redant.com
郵撥帳號／1604621-1　紅螞蟻圖書有限公司
電　　話／(02)2795-3656（代表號）
傳　　真／(02)2795-4100
登 記 證／局版北市業字第1446號
數位閱聽／www.onlinebook.com
港澳總經銷／和平圖書有限公司
地　　址／香港柴灣嘉業街12號百樂門大廈17F
電　　話／(852)2804-6687
新馬總經銷／諾文文化事業私人有限公司
新 加 坡／TEL：(65) 6462-6141　　FAX：(65) 6469-4043
馬來西亞／TEL：(603) 9179-6333　　FAX：(603) 9179-6060
法律顧問／許晏賓律師
印 刷 廠／鴻運彩色印刷有限公司
出版日期／2008年7月　第一版第一刷

定價240元　港幣80元

敬請尊重智慧財產權，未經本社同意，請勿翻印，轉載或部分節錄。
如有破損或裝訂錯誤，請寄回本社更換。

ISBN 978-957-659-674-2   Printed in Taiwan